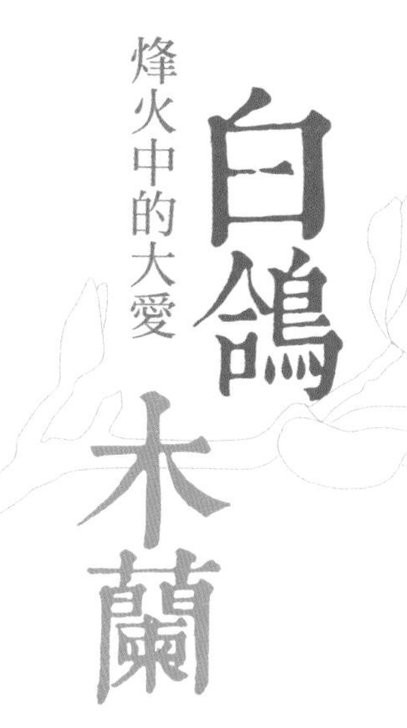

白鴿木蘭

烽火中的大愛

李黎 著

目錄

序

獻給我從未見過面的公公婆婆

一九六三年，民國五十二年。台灣，台北。

大年初七的凌晨，天還未全亮。介民和明珠終於又見到面了。這次，他倆要一起上路。四年又四個半月以來，明珠和介民只在聆聽宣判的法庭上匆匆見過一面。明珠捨不得將眼光從介民臉上移開——縱使消瘦憔悴，從他方正的臉型和俊毅的眉宇間，她還是看得出他倆的兒子的形貌。兒子剛滿十五歲，還有兩個分別是十三和十一歲的妹妹，他們都還不知道父母親即將遠行永不回來。明珠可以毫無畏懼的與介民一起上路，卻無法不依戀地在心中頻頻回顧她的三個孩子……

介民的上半身被繩索緊緊捆綁著。明天，農曆初八，是他的生日。他將看不見自己四十七歲生日的那天。但他的神色平靜，或許他的靈魂已先於他的軀體，翱翔到他深切想念的土地上去了。

數聲槍響。冬日的陽光無力地漸漸展現。

後來，成了孤兒的他們的兒子，在夜晚常做飛翔的夢。許多年之後，那個長大了的兒子才恍然大悟：夢中的他，是化身成了記憶深處的一隻白鴿。

四分之一個世紀之後，一九八八年。他們的兒子四十一歲了——那正是介民失去自由的年齡。已步入中年的兒子，像是應答著做醫生的母親在冥冥中的召喚，已是美國加州大學醫學院的教授。他在離鄉十八年後才回到台北——那個當年離開時感覺上是亡命逃走的地方，將父母親的骨灰盒捧到美國，安葬在他加州聖地亞哥家附近一處寧謐的墓園裡。

又再四分之一個世紀之後，夏天，台北。一個看起來四十歲不到、相貌俊朗的外國男子，來到城中的「中正紀念堂」。從那身隨意的衣著，周遭的人看不出他是美國頂尖高科技公司惠普的副總裁；從他西歐的外貌——栗殼帶金色的頭髮、藍灰色的眼珠，更看不出他出生在南美洲哥倫比亞的叢林裡，並且有一半東方血統。不像一般的外國遊客，他嚴肅的神態中帶著一絲難以覺察的壓抑的情緒。他走到「紀念堂」大廳那座以其為名的銅像前面，昂首默默凝視那個對於他是完全陌生的面孔，默立片刻之後轉身離去。沒有人聽見他對銅像發出的質問，雖然那無聲無形的質問，一個字、一個字撞擊著高聳的石壁：

「Why did you kill my grandparents?」

英文裡，祖父母和外祖父母是同一個字。他問那個高踞的冷硬的銅像：你，為什麼，殺害，我的，外祖父母？

作為他們從未見過面的媳婦，我也曾想過提出這個問題，但不是對著那座冷硬的銅像——我知道那不只是由一個人、一雙手犯下的謀殺；甚至也不只是由不計其數的策謀者、逮捕者、刑訊者、審判者和執行者的集體合謀。許多年以前，從片段的耳語、陳舊的文件、碎裂的回憶，我只能推測那是一段曲折複雜又沉痛的家史；一對滿懷理想、彼此相愛至死不渝的夫婦並肩赴死，遺下三個未成年的孩子，和太多無解的疑問。因為傷痛太劇烈，恐懼又太巨大，在那個年代沒有人——尤其是孩子們，敢於去觸碰禁忌，更無能為力去追詢那些疑問的解答和謎底。

當我最初遇見那個常做飛翔夢的男孩時，我完全不知道自己將會踏進一個被粗暴地埋藏、被殘忍地強迫忘卻的迷宮。略為知情的人好意的勸告我：不要去試著揭開那些封條、追問那些謎語，因為那都是禁忌，去觸碰只可能帶來更多的傷害甚至災難。而那三個長大了的孩子，多年來無比艱辛地以自覺或不自覺的遺忘去癒合他們的傷口，追憶只會讓傷口撕裂，任誰也不忍心要求他們去挖掘那些深深沉埋的往事。

十年、二十年過去了，我日益有一份急迫和恐懼：我怕時間會把已經被清除得所剩無幾的紀錄悉數抹去，真相再也無法呈現；身為這家唯一的媳婦、兩個兒子的母親，我責無旁貸的要承擔這份還原家史真相的責任——至少對我的孩子，我必須在他們問起自己的祖父母時，給他們一個可信的交代。我必須去試著推開那扇迷宮的門，打撈那些沉寂埋沒在時間、遺忘、扭曲和謊言的泥沼底層的碎片，拼圖般拼出一段雖不完整，但足以清晰辨認的歷史。

下了這個決心之後，算一算，我用了不止二十年的時間。終於——

二〇一四年春天，北京。介民和明珠離開世間半個世紀之後，終於回到他們生長的故土。在一場莊嚴的儀式和三名子女的護送下，他倆被迎進八寶山上的烈士陵園。生前死後，他們都辛苦跋涉了迢迢遠道，從此總算可以安息長眠，不再冷清孤寂。

那條迢迢遠道是一個曲折漫長的故事，承載在一段更曲折漫長的歷史之中。這固然是我原先以為的一段家族史，但在追尋的過程中，我逐漸發現他們背後那牢不可分的、宏大的國族史。這不僅是兩個人的故事，更是一個大時代的故事。

故事的最開頭，要追溯到將近一百年前。

第一章　烽火家園

民國五年，西元一九一六年二月十日（陰曆正月初八），祖籍福建省仙遊縣楓亭鎮霞橋村的薛青雲，和他的妻子林美瑛，在他們福建涵江縣塘北村的家中，歡喜迎來第一個孩子——不，是兩個，兩個一模一樣的同卵雙胞胎，這種雙胞胎的生成機率是千分之三。他們給雙生兄弟取名仁民、介民。「仁」、「介」都是「二人」的意思。從此這兩兄弟親密無間，直到命運和歷史將他們分離。

介民出生時間比仁民晚了幾分鐘，所以成了弟弟。他上面本來還有個姊姊，早年夭折，所以論排行他是老三，生肖屬龍。後來他又有了四個妹妹和三個弟弟。

薛氏重視族譜傳承，可考的族祖上溯七百年前元代中葉皇慶至延祐年間（一三一二—一三一九），薛鏞公從莆（田）遷至楓溪（今福建楓亭），在霞橋村落戶，是為一世祖。霞橋地名很美，據說村前有港灣，漲潮時潮水湧進淡水溪壩下，適船運；村後有一大片稻田和園地，村中貫穿一條用塊石鋪就的約三米寬的行道，可直通鎮上大街。這樣良好的地理位置，薛氏先祖就在此安頓生息。（參照「二十二世裔孫」薛力二〇〇八年修撰的《霞橋薛氏翊達支系族譜》的記載。）

福建臨海，來自英美的基督教傳教士，早在十九世紀就從廈門、福州入境，在各地成立教會，建立教堂。仁介兄弟在族譜中的排行是二十一世，早在十八世的翊達公——他們的曾祖父，就信奉美以美天道堂基督教，並以此教育子女成為虔誠的基督徒。祖父薛貽真，在兄弟四人中行一，業農，去世甚早。三、四叔公皆為牧師。父薛青雲，行三（大、二伯均早故），艱苦求學，畢業於莆田基督教會哲理中學，擔任過教師、經商，曾到過南洋；老年在家鄉電話局做行政工作，抗戰期間（一九四〇年）病逝。母親林美瑛，是受過小學教育的家庭婦女。四、五叔早故，六叔業醫，七、八、九叔均學汽車機械或駕駛。九叔後來亦赴台，在台北公車處服務。家庭三代基督徒，而父叔輩幾乎都去過南洋謀生，這在福建也是很普遍的現象。

父親薛青雲的命不像名字那麼好，祖父去世得早，兩名兄長也早故，父親求學之路的艱辛可想而知。好不容易下南洋掙了些經商的本錢，回鄉卻遭到土匪綁架——福建的土匪也是當地特色，著名的客家土樓，建得像防禦碉堡，就是為著防盜匪的。花錢贖人，介民父親雖然得以身還，家庭經濟卻大受影響。

介民六歲進仙遊教會辦的培原幼稚園、模範小學，十二歲畢業。民國十七年（一九二八

最早的一張家庭照。後排左一、二就是仁民、介民。

仁民、介民（後排）和父母親（二排坐者）及弟妹們合影。

年），介民和哥哥仁民一同考入涵江中學念初中。在那裡，兄弟倆接觸到進步思想——那年，「國民革命軍」二次北伐，日本出兵山東，在濟南屠殺中國軍民造成「五三慘案」、隨即在東北刺殺張作霖……。國土被入侵、同胞被殺戮，即使發生在遙遙的北方，也無可避免的在全中國各地激起了抗敵的意識。那年十月，閩北崇安等地的農民，在當地共產黨組織領導下起義，建立了游擊隊，在崇安東北地區進行游擊戰爭。

根據仁民在六〇年代書寫的回憶：初二那年，仁介兄弟倆在涵江參加了進步組織「青年反帝大同盟」。這個「反帝（反對帝國主義）大同盟」國際組織，原是由法國作家羅曼·羅蘭、蘇聯作家高爾基和中國的宋慶齡等人，於一九二七年在比利時首都布魯塞爾成立的；一九二九年八月，中國共產黨在上海成立了相關的組織「上海反帝大同盟」，其後中國各地都成立了同樣的反帝愛國組織。「青年反帝大同盟」顧名思義，是同一組織在地方上針對青年學生的分支，每個月有一兩次小組會，活動內容是討論時事、看共黨地下黨的小冊子、學打拳術鍛鍊身體等等。

組織活動讓兄弟倆開了眼界，後來竟然瞞著父母，偷偷離開地小人少的涵江，跟著小組的「同志」跑到廈門，打算參加大城裡真正的大組織。當然立即就被家裡發現，母親急忙趕到廈門去把他倆逮到，準備押送回家，沒想到兩人竟然趁母親不備又溜走了。兄弟倆住在一個「工人同志」家裡，看油印小冊子、學革命歌曲；他倆教工人「學文化」，同時自己學說廈門話——也就是不同於莆田話的「閩南語」。幾天之後還是被父親找到，只得無奈地跟著父親回涵江。

不久之後全家遷居莆田，介民轉入莆田教會哲理中學（也是他父親的母校），初中畢業後旋又遷回涵江，與仁民一起考入莆田高級中學涵江分校。一九三一年日軍侵占東北的「九一八事變」、一九三二年日軍攻擊上海的「一二八事變」，激起全國抗日救國的風潮。關心時局、滿懷青年人理想的介民，也積極投身學生運動：參加學校宣傳演戲、製作宣傳標語等活動。介民在他後來（一九三七年）的日記中提到，在涵江中學演戲時，還扮演過《東南飛》的女主角（當時女子上台演戲的極少，男子反串是常事，如弘一法師李叔同就反串演出過《茶花女》），他不無得意地寫道：「以真情流淚，動感（感動）不少女郎呢！」

念到高三上學期時，適逢「九一八」兩週年，當天校方大概是怕學生鬧事，通知全校放假一天；仁介兄弟倆和班上同學便動員全校同學們上街宣傳，發送「抗日救亡」的傳單。校方認為這是帶頭搞政府最忌諱的學生運動了，便將領頭的兩兄弟和另一位同學開除，希望就此把事情鎮壓下來。卻不料這下引起了全校高、初中學生的不平而罷課抗議，集體聲援這三

少年仁民。

少年介民。

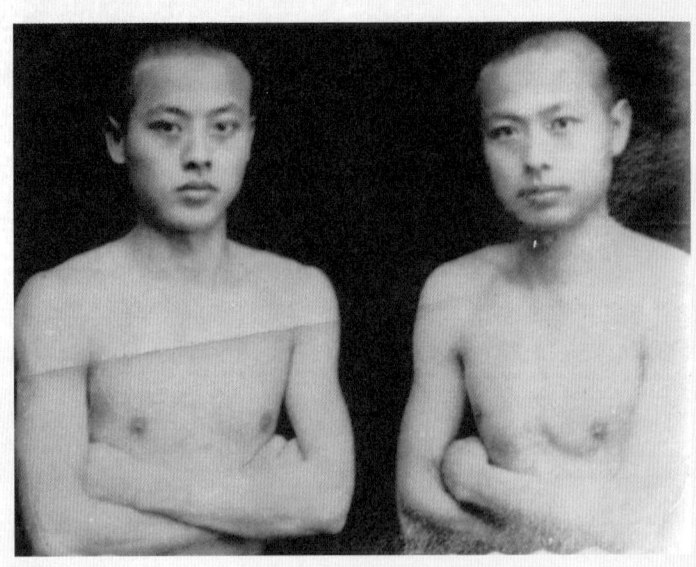

左仁民，右介民。

名學生。事情鬧大，最後竟然導致高中解散、分校停辦，大家失學，校長下台。

學校關門了，學業可不能荒廢，家裡決定送兩兄弟到上海繼續念完高中，那裡有親戚可以提供照顧。但家中經濟能力只能負擔一個人，介民比哥哥會念書，於是決定讓介民去上海，仁民則留在莆田，進了「聖路加護士學校」學護理，出來容易找工作。雖然後來仁民終於上了正規的醫學院，介民還是永遠感念雙生哥哥早年為他做出的犧牲。

介民進了上海教會學校「華廈中學」，卻因教會辦的中學無法提供正式文憑，後轉入上海「育青中學」——這所學校是「五四運動」教育家陳藎民和妻子閻振玉共同創辦的。幾經波折，介民總算於一九三六年從育青中學畢業。

介民出生之後一年，父親薛青雲的堂妹薛璧英，在福建莆田生下一個女兒，取名明珠。那個年代的戶籍不精準，孩子出生之後到報戶口時日期常有誤差，加上陰陽曆的換算，不要說「生日」，連生年有時都會填錯。明珠出生的月日已不可考，甚至生年都有不同的紀錄。台灣的「戶籍登記簿」上她的出生年月日是「民國八年（一九一九）十一月十二日」，但這個年份肯定不正確，因為從她的畢業和工作證件上註明的「年齡」推算，她應該出生於民國六年（一九一七）。還有一個最有力的證據來自介民的親筆：在介民滿四十七歲的前夕，他寫給孩子們兩頁話，其中有兩行字「爸四十七歲足，媽四十六歲足」。所以，明珠只比介民小一歲；既然介民的生日是可靠的，明珠的生年應是一九一七無誤了。

算起來，薛介民與姚明珠是隔代表兄妹：介民祖父薛詒瑞與明珠外祖父薛詒松是兄弟；介民父親和明珠母親是堂兄妹。明珠的父親姚玉華（姚錦文）在她五歲時，因為在失火時搶救一位朋友而被燒死，母親帶著小明珠和大她三歲的哥哥勇來、弟弟勇年，回到仙遊娘家寄居，終生未改嫁。

明珠母親的爸爸、也就是明珠的外祖父，也是一位牧師，在教會工作。明珠母親上有四個哥哥，下有八個妹妹，可以想像身為孤女的小明珠，跟著寡母在這麼大的家庭裡生活，長輩除了外公外婆還有十幾個舅舅姑姑，同輩還有為數更多的表兄弟姊妹；雖然這是一個開明和睦的大家庭，但絕無可能被嬌生慣養，而必須做一個勤儉懂事的小孩，承擔起不能比其他人少的勞務，也不能要求比其他人哪怕只多一丁點的好處。所以明珠自小就養成了勤勞儉樸的習慣，和自尊自重的個性。

幸運的是薛家西化開明，女孩子一樣享有讀書受教育的機會。明珠六歲進教會小學，畢業之後入仙遊陶德初級女子中學；再之後上了高中，她對於自己未來的道路便已做出了選擇，包括託付一生愛情的人。

介民和明珠成長的年代，正是中華民族血淚斑斑的時代：

一九二五年，「五卅慘案／五卅運動」：五月三十日，青島、上海等地工人遊行抗議日本棉紗廠非法開除及毆打工人致死，遭到開槍鎮壓，引發流血事件。

一九三一年，九一八事件，東北三省被日本占領。

一九三二年，一二八事變，日本攻占上海。「滿洲國」在日本扶持下成立（一九三二—一九四五）。

一九三五年，日本策畫「華北五省自治」。十二月九日，一二九運動爆發。（一九三五年十二月九日，「北平大中學校抗日救國學生聯合會」發動要求政府停止「攘外必先安內」的鎮壓行動，一致對外抗日。）

也是在這樣的歷史大局裡，一九二一年，中國共產黨在上海成立。一九三四年，紅軍放棄中央蘇區，開始長征（一九三四—一九三六）。

民國二十四年，西元一九三五年春天，介民由於轉換學校而學業暫時中斷，只得輟學回鄉，又見到了從小就認識的表妹明珠。當時明珠甫從莆田教會咸孟高中畢業，擔任涵江育德小學教員。（「育德」這個名字，後來被明珠用來作為她自己行醫的診所名。）十九歲的表哥見到十八歲的表妹，像是忽然之間發現對方長大了，不再只是家族中一大群小孩中間普通的一員，而是一個亮眼的異性。他們交談，更驚喜的發現兩人有許多共同的讀物、相似的想法，連他們對家國的憂思和對侵略者的激憤也是相通的；他們從對方看見自己隱約要探索的一條道路，而兩人是可以並肩扶持同行的。

那年的四月廿日是個值得紀念的日子：介民、明珠在莆田家中定情——對他倆來說就是訂婚，雖然沒有儀式，但兩人彼此心許，坦陳愛意。後來介民在他給明珠和仁民的信件裡，以及自己的日記中，屢次提及那年春天，那個特別甜蜜溫馨的日子，那晚美好的月色、甜蜜的親吻、對彼此莊重的盟約……。也是從信件的蛛絲馬跡看出，主動表示好感的可能是性格率真的明珠——她早在之前一年，就已經對這個能詩擅文、寫一手漂亮好字、相貌英挺的表哥深有好感了。

從介民當時的日記和他倆的通信中看得出，兩邊家裡的「大人」並不是太贊成他倆的交往。一方面是表兄妹的血緣關係太近——風氣比較受西化影響的福建，已經揚棄傳統的「親上加親」的婚姻觀念了；另一方面，明珠的母親覺得介民學業未成，怎談得上成家？便要為明珠另覓對象「相親」；而介民母親又怕外型纖細苗條的明珠身體孱弱，也不表支持。但兩人意志堅定，幸好雙方家長也都開明，最後算是默認了他倆的「私定終身」。

兩個二十歲不到的人，他們的「愛情」是建立在怎樣的基礎上呢？從信中看來，他們時

明珠（前排左一）。身旁的小男孩可能是她早夭的弟弟永年。前排右一是哥哥永來。
第三排中間戴眼鏡的女子是明珠的母親，母親身後戴眼鏡的男子是舅舅薛天恩。

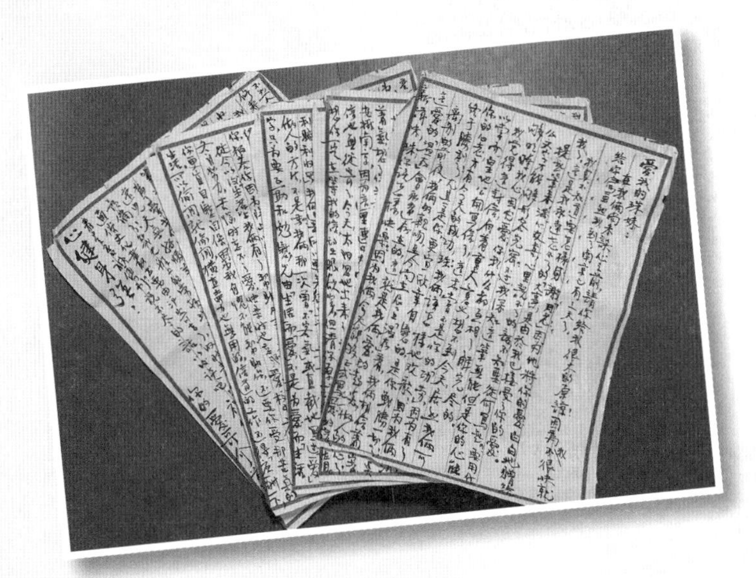

介民給明珠的第一封情書。

常交換讀物，介民在上海和南京都會為明珠買書、訂購雜誌寄回家鄉給她；彼此在信裡引用進步文學家的話語互勉。在明珠收藏的第一封介民用毛筆寫給她的信中（雖然沒有年月日，但從內文推測，應該是兩人定情之後不久，第一次分離後的通信），介民這樣分析他倆的愛情：

「我倆直截地寫過『愛』字，只為要互助和勉慰，先由『生活』而『愛』，不是為愛而『生活』，……我倆不該為了愛而忘了『生活』、大眾和國家！……你愛我，不甘為錢勢所欺誘，更不怕大人的『強迫』，這是我極端欽敬你的，也可以說我愛你的動機，就在我倆的『志同道合』吧。」

「志同道合」的愛，才是基礎堅實、禁得起考驗的愛。在他倆其後二十多年的歲月裡始終不渝，直到他們生命的最後一刻。

之後介民回到上海繼續學業，一九三六年夏天從上海育青中學畢業。那年秋天，他決定去南京報考一心嚮往的航校（空軍官校）。初試體檢通過，有記錄體重一百二十六磅（約五十七公斤），這個重量在當時普遍瘦弱的中國青年中算是相當不錯的，以致讓他信心大增；可惜數理化實力不夠，筆試未過。但他「飛天」的雄心始終未減。隨著局勢的危殆、國土的淪亡，「空軍永遠是國防的要力」——他在日記中這樣寫著，他要飛向藍天保家衛國的志向更為堅定了。於是他留在南京準備再度報考航空學校。

介民留下的日記，最早的一本是一九三七年元旦那天在南京開始寫的，可惜由於簿本殘破，只到二月廿七日就沒有下文了。從他當時的筆記、日記中看出，在上海求學以及後來在南京的兩年多裡，他關心國事，廣泛閱讀中外新聞、文學作品，甚至自己也嘗試寫作；同時不忘努力鍛鍊身體，因為身體是報國之本。早上跑步時，他會哼唱〈義勇軍進行曲〉——這是一九三五年的電影《風雲兒女》的主題曲，激勵人心的歌詞，在民眾尤其是年輕人中間非常流行：

「起來！不願做奴隸的人們！把我們的血肉築成我們新的長城！中華民族到了最危險的時候，每個人被迫著發出最後的吼聲。起來，起來，起來！我們萬眾一心，冒著敵人的砲火前進，冒著敵人的砲火前進，前進，前進，進！」

一九三七年的年初，介民在南京的堂姊「蘭姊」家準備寒假航校再招考試。元旦，明珠從家鄉寄給介民的賀年片，正面是飛機畫片，背面上的祝詞，是引用俄國作家柴霍甫（Chekhov，亦譯作契訶夫）的話：「凡是你所認為有益的，應該以社會公共活動為出發點，為群眾而服務。」

也是那年的元旦，全面抗戰雖然還未開始，但已經焦慮著「中國何時對日宣戰？」的介

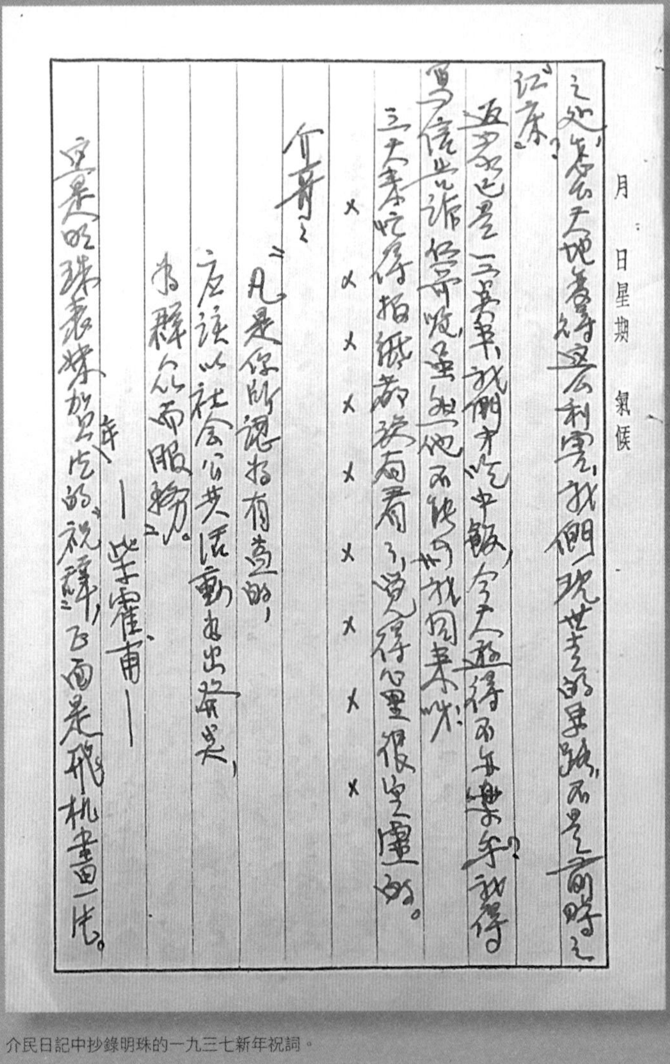

介民日記中抄錄明珠的一九三七新年祝詞。

民，趁著元旦假日登上南京燕子磯——燕子磯頭是著名的殉情之地，介民看著腳下的滔滔江水，想到「殉情」的男女從這裡跳水自盡而深有感觸，在日記中寫下這樣的話：

「這都是『沒出息』的死，怎麼早不想人生只有一死，而且是僅有的死，怎不用於反抗而死？」

新年伊始，這個年方二十的青年，在一月四日的日記中記下了對家鄉經濟建設的期待和憂慮：

「看報知道閩建廠在籌畫開發仙遊，造林造紙，改良製糖菸草，和水利耕種等。這許多本是早該用政府的力量和民眾合作努力的，但是家鄉連年匪兵多難，只有破壞，不有建設，且苛捐什稅，應有盡有，民不聊生！希望現在經建會在進行，不要換湯不換藥，或者從中自飽私袋，實在家鄉已亂夠了。……近日來米價飛漲，日本狗在閩大批收買，以致每元只剩十四斤，本來米穀缺乏的地方，這樣一來，苦人更難生活了！」他還在日記中記下抗日名將馬占山將軍關於內戰的話：「因為我們都是中國人，……因為反日是每個人民的意志。其實上經年剿共戰事到現在已不再激烈進行了，士兵們都不再熱心地從事於此。現在山西兩軍已很少接觸，每一次的接觸都由於長官嚴厲命令，士兵都不願再打自己的同胞，當兩軍相遇時對方都是自己的夥伴，那裡還有人高興在外國侵略者前作戰？他們都放朝天槍了！因此我們不怕孤軍作戰，並且如果我們決心抗日的話，那麼就不該再自相殘殺了。」

在日記裡，介民不止一次的陳述自己對航校、對空軍、對獻身報國的嚮往：「航校考期一日一日地近了，我心裡又著急又高興，自信這次天不會盲目再給我以失望吧？因為我是這麼誠心以待呢！我從來沒有對於什麼事業如此日夜『相思』，時刻三思過。當然，一方面對於『空』，我是抱著無限興趣，一方面，空軍的重要自今日起，永遠是國防要力，直到世界真正和平後。因為我們祖國環境如此，自古以來，國內外沒有像現在中國這樣『慘』、『亂』的！這其中最大問題，只是『徇私』，只要中國人知道自私是危險時，那國家才有救。我們勞苦的同胞，漸漸地離開『私』而『公』而團結起來了。不願做奴隸的同胞起來吧！我自思所以如此堅決於空軍，第一，讀《國難的故事》深知道百年國運弱敗之根原；第二，讀《愛的教育》，知道愛國是無論怎樣困難，都該去做的。」

然而他何嘗不清楚，就算如願考進航校、當了飛行員，政府若是依然不對日宣戰而只一味「剿共」，他的報國殺敵凌雲志就很可能變成屠殺自己同胞的噩夢。所以他在家書中寫下這樣沉痛的話：「在祖國封建殘餘勢力未曾過去以前，內戰之可憎萬惡的慣技未全絕跡前，我不該學成航空就以民眾之血『炸彈』去自相殘殺。其實，在等全國實決心抗日時，我來學

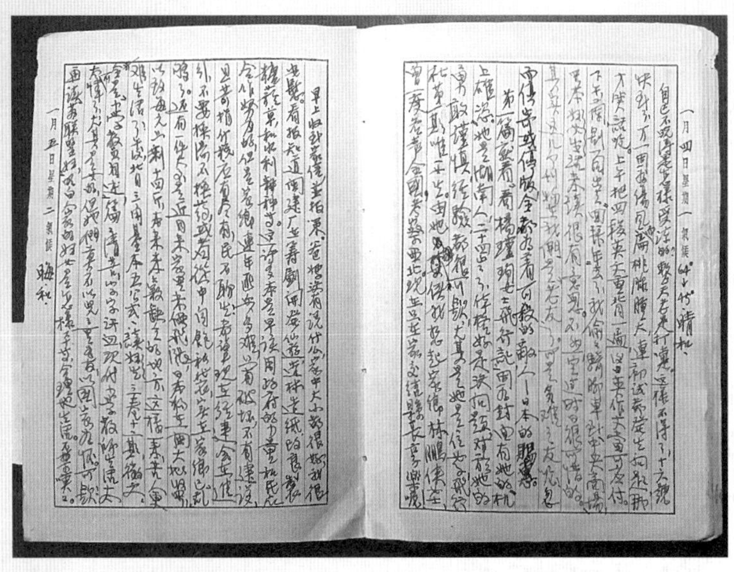

介民日記，一九三七年一月五日。

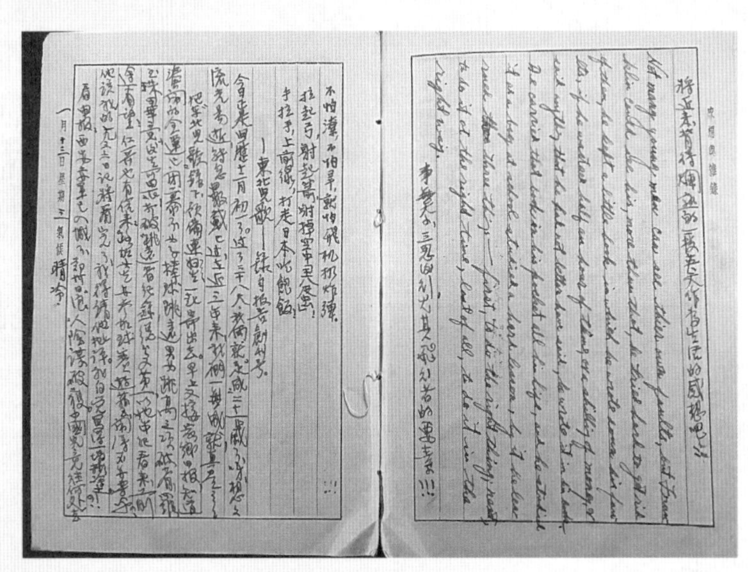

介民日記，一九三七年一月十三日，英文部分是摘錄 *The Beginner's American History* (by David Henry Montgomery) 一書中關於富蘭克林自省自律的章節。

也未遲。」

在介民二月廿三日的日記裡，有一段特別提到一位為中國犧牲的外國「烈士」：「昨日二．二三是『中國之友』蕭特先生『就義』五週年紀念。他為中國為人類而殉身於蘇州，因為『不忍見無辜婦孺受殘忍的砲火蹂躪』。在『一二八』之役中，日本轟炸蘇州時，他不怕死地與六架敵機掙扎，卒被擊落身死！這是何等正義的死，我們中國人只有自慚無地，要讓別人來報仇？對我們的敵人報仇。」

同時還有：「昨天上海各界到虹橋蕭特慕去哀弔，並且幾位代表蕭母的舊同學也來致祭，這真是人類之愛的表現！同時還祭了旁邊的黃毓全烈士，他也是滬戰時的一員航空戰士。」

介民日記中提到的蕭特（Robert Short），一九〇五年出生於美國西雅圖附近的塔科馬市，美國陸軍航空上尉，退伍後受聘於蓋爾飛機公司，來到中國做波音飛機的生意。一九三二年二月廿日，蕭特駕駛波音單座戰鬥機進行訓練時，在蘇州機場附近與執行對蘇州機場轟炸任務的日軍戰鬥機遭遇，蕭特立即對日機開火，迫使日機逃離戰場。二月廿二日下午，六架日機再次赴蘇州葑門機場附近偵察轟炸，蕭特以一敵六展開空戰，由於眾寡懸殊，

蘇州蕭特紀念館前的塑像。

蕭特的飛機被擊中墜水身亡，時年才二十七歲。蕭特成為中國抗日空戰中第一位捐軀的外籍人士，國民政府給予他英雄稱號和隆重的葬禮，隨後被安葬在虹橋機場附近，追贈為中國空軍上尉。

另一位提到的抗日英雄黃毓全烈士，廣東台山人，出生於美國加利福尼亞州，中學畢業後進入航空學校學習，一九二六年隨兄回國，任廣東航空處中校飛行員。一九三二年初，黃毓全新婚還不足二十天，自廣州返南京途經上海時，值一．二八淞滬抗戰爆發，目擊侵華日軍罪行，請命參戰殲敵獲准。二月五日（農曆除夕）中國空軍首次投入對日作戰，黃毓全在激戰中不幸犧牲，年僅二十八歲，為中國空軍抵抗外侮捐軀第一人。

這兩位飛行英雄的壯烈事蹟，對介民的影響不言而喻，凌空報國的心願無日無之。然而後來卻因京滬情勢緊急，介民在父母催促之下不及再考，而提前返回家鄉。回到福建後，他隨即考取福建省醫事人員訓練班，但未就讀——顯然這不是介民心之所向的志業。

正是那一年夏天——民國廿六年，公元一九三七年七月七日，中國對日抗戰正式爆發。八月，日本侵襲華南，發動淞滬會戰（八一三事變）。次日，日空軍襲擊杭州筧橋機場，遭國軍迎頭痛擊。

十一月十二日，上海全面淪陷。

十一月廿日，國民政府宣告首都由武漢遷都至重慶。

十二月至次年（一九三八）二月，南京大屠殺，至少有二十到三十萬的中國人被日軍虐殺。

那年秋天，明珠考入福建醫學院（這是後來的校名，當時為新成立的「福建省立醫學專科學校」，第一任校長是侯宗濂），她是第一班，住福州城內。新建的學校借用了福州省立科學館為教學樓。在那裡，明珠結識了同學林建神——這個人，日後在她的生命中的重要性，恐怕僅次於介民。

民國廿七年，公元一九三八年，中華民族進入第二個艱苦的抗戰年頭。那年元旦，《中國的空軍》月刊創刊號出版。年初，「航空委員會」開始展開「招考航空生」入成都士校就讀，每三個月考選一次。介民看到這個消息，內心又泛起了激動。他知道自己將面臨一個極度困難的抉擇。

正是在這之前不久——一九三八年初，介民追隨明珠考入了福建醫學院第二班，那時校址在福州吉祥山。這顯然是深獲家人贊同的一步：無論在承平歲月或是戰亂年代，醫生永遠是不可或缺的專業。幾經波折才拿到高中文憑，畢業後又「賦閒」了一年多，父母親一定很欣慰這個兒子總算要在家鄉安頓下來了。然而介民在醫學院僅就讀不到一學期。雖然心愛的

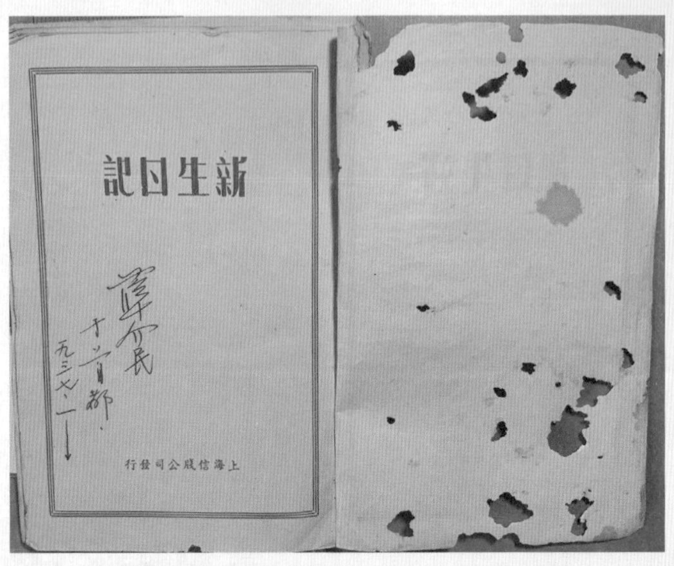

介民日記，「於首都」（南京），一九三七年一月。

立医学专科学校大门
1937年7月，学校成立之初来不及
設校舍，借当时省立科学馆一部分
为学校教学工作用地，1937年11月
奉省府令将福建省立医院与学校合
以便学生临床实习。
福建省立医学专科学校传达室

福醫舊照（翻攝自《福建醫科大學建校七十五週年紀念冊》）。

明珠和仁民的未婚妻孫坤榕都進了福醫，而仁民從護士學校畢業後工作存了些錢也計畫報考福醫；介民完全可以在那個熟悉親切的環境裡、在最親愛的人的身邊完成大學學業，畢業之後出來必定會有一份濟世救人的工作，一切堪稱完美。然而外面世界的連天烽火、無日無之的國土淪亡百姓喪亂的消息鞭打著他，更有藍天和英雄健兒們在上頭呼喚著他……

一九三八年四月四日《大公報》的一則消息，讓他下定決心，作出一個人生最重大的決定——他要遠走大後方，再次去報考航校。

第二章　展翅

根據歷史記載統計，抗戰八年，日軍對中國空襲將近一萬三千次，投下約廿五萬枚炸彈，炸死九萬四千餘人，炸傷十一萬餘人，炸毀建築物約四十五萬幢。

在犧牲的四千多名中國空軍官兵中，絕大多數是二十多歲的年輕飛行員。他們就是來自中央航空學校——簡稱航校。

一九三一年「九一八事變」日本侵占中國東北的當時，國民政府手裡只有廿幾架老舊飛機，也沒有航空工業。一九三二年「一二八」淞滬會戰中，中日空軍就爆發了小規模戰鬥。國民政府深知必須儘快培養空中力量，而培訓飛行員更是燃眉之急，因此在原南京中央陸軍軍官學校航空班的基礎上，於一九三二年在杭州筧橋成立中央政府航空學校，正式組建空軍。中國第一代飛行員和航空人才，大都是在那時投筆從戎，考入航校參加空軍的。三年後航校又在洛陽、廣州等地成立分校。全面抗戰爆發後，航校遷至雲南昆明，於一九三八年更名為空軍軍官學校。中央航校培養的人才，是抗戰中的空軍飛行員的主要來源。

在全面抗戰的八年裡，特別是初期沒有外援的情況下，中國空軍能在實力相差極為懸殊的情況下，抵抗日本空軍甚至能夠給予沉重的還擊，全靠這批抱著「我死則國生」信念的健兒們。航校旗座上的銅鑄精神標語是：「我們的身體、飛機和炸彈，當與敵人兵艦陣地同歸於盡！」中國空軍戰士的每一次起飛都可能是永別，他們每次都是寫好遺囑出征的。一位不到二十歲的飛行員魯止淵寫下這樣的遺囑：「在何處陣亡，就在何處安葬。」抗戰期間中國空軍的犧牲人數，竟達到編制人數的三倍以上。這些飛行員和航空人才絕大部分家境優渥，受過高等教育，還有不少從歐洲、美國等歸國投軍的富裕華僑子弟（據不完全統計先後兩百多人）。

抗戰期間空軍官校飛行學生招生不足，因此「空軍航委會」在四川成都南門外簇橋鎮成立了「空軍軍士學校」，全國分區招生，每三個月招收一批。不論是官校還是士校，都必須要通過一套嚴格的體格檢查。每次報考空軍的考生有幾千人，通過了體檢被錄取的通常只有幾十人左右。

民國廿七年，西元一九三八年，介民讀到四月四日《大公報》的一則消息：中央空軍軍士學校招生。他立刻記下了考試的日期、地點：「到長沙去！」兩年來無時無刻不在心頭的宿願竟然又在眼前了！四月中旬，介民瞞著家人——他知道父母親絕對不會允許——只告知仁民、並且徵得了明珠的理解和同意，離鄉背井，從福建跋涉到湖南長沙，投考當時位在四川成都的空軍士官航校。

想著不久前因腦溢血而不良於行的父親、負擔著家中入不敷出的生計的母親，介民不忍當面向他們表白，也無法對他們解釋更多，只有留下幾句話給父母親：「爹媽，我走了，為了國家，為了年幼的小弟妹們，萬望你倆保重身體。……古今忠孝都難兩全，願上帝賜平安喜樂！」

但雙生哥哥仁民是理解的。仁民對他說：「我們中國的青年，目前只有兩條路了，不生則死，欲生必戰，要依戀家就永遠把愛國的心忘掉，不然，就得暫時忘家而先為國，不成功則成仁，是每個中國人時刻不能忘的！」手足分離時，「沒有傷悲和猶豫」——介民在日記裡這樣寫道。

最難捨的人還是明珠。為了怕明珠傷心，介民一直拖延著不告訴她自己要離開的決定；最後不得不表白的時候，恰巧當天的報紙報導著：「敵機肆炸廣州女車衣廠，炸死女工五百餘人。」他倆看完新聞互視對方，無需話語也心意相通——介民再也不能坐視，而必須行動了，那就是遠走，走上一條獻上自己的路。在那些年裡，千千萬萬年輕人跟介民一樣這麼做，從家裡、從課堂上走出，走到戰場上——這個行動有一個最現成的成語：「投筆從戎」。

聽到介民的決定，明珠那一刻的反應雖然是忍不住悲傷落淚，卻也明白這是介民長久以來的心願。她太了解他了。所以明珠不僅沒有勸阻，還收起眼淚勉勵介民「前進，為國家出點應出的力」。介民的「由閩入川」筆記（一九三八年四月四日到六月廿八日）第一頁裡，就記述了他倆的離別情景和明珠的殷殷叮嚀：

「你放心去吧，你為愛國而犧牲一切，我了解你，這樣的愛才是完美的偉大光榮！」

離別的前夜，就像他倆的定情之夜一樣，又是一個明月夜。對著月亮——他們的家鄉話叫「月娘」，介民和明珠向彼此作出了盟誓：天涯海角，只待別後歸來重聚。

然而這一別，竟是兩人都未能預料的長久。

介民與兩位友人去長沙報考空軍航校的路線是：四月十九日從福州出發，乘長途汽車翻山越嶺，經建甌，途中目睹無票的傷兵被粗暴地趕下車；四月廿一日越過險峻的仙霞嶺進入江西境內，乘浙贛線「特快」（其實特慢）火車，廿二日晚上到達南昌，見到許多流離失所的難民。次日換乘湘贛線快車，廿四日抵達長沙。在長沙，他目睹歡送數千名傷癒的健兒回到前線的歡送大會，士兵們視死如歸的笑貌令他感動難忘。「五九國恥」紀念日那天也在長沙，目睹「街頭巷尾小孩老人，都唱著〈義勇軍進行曲〉、抗戰歌聲，遊行隊伍凡六十單位，還有傷兵參加⋯⋯」

介民的「從戎筆記」：
左：「莫依戀你那破碎的家鄉！薛介民，一九三八、四。」
右：福建福州—浙江—江西南昌—湖南長沙—湖北漢口—新都重慶—四川成都；「有志竟成凌雲願！以身許國報血仇。」
「一九三八，夏 由閩入川／『西征』八千餘里。薛海燕」。

四月廿六日，介民從長沙給家人親友分別寫了四封信，其中給明珠的這封被她細心地保留下來，並且用鉛筆輕輕地註明了年份（一九三八）編號第五：「……愛的珠，你不必以再見難而傷心，你應該可以想像到遠遠的火線上，千萬的同胞在過著怎樣生活？我們都是同國國民，捨身衛國是天職。……你該勇敢快樂，我預祝我倆於勝利的四月相見，同唱凱歌！……」

在旅中，介民從新聞得知：日軍進攻占領了離他的家鄉兩百公里不到的廈門，雖然壯丁民團極力抵抗，連青年學生也拚了命，但敵機輪流狂炸九天，死傷無辜民眾三四千人，廈門終於在五月十五日全面淪陷，婦女被姦殺無數，千餘名壯丁被集合到碼頭掃射……。他的憂憤已到了一個人能夠容忍的極限。但他在一九三八年四月至七月的旅中日記封面題寫：「莫依戀你那破碎的家鄉！」——縱使千般掛念萬般憂恐，他已經不能回頭，也不許自己回頭了。

五月廿一、廿二日兩天考筆試，廿五日發榜。在三十二名正取生員中，介民以第四名通過。他朝向飛翔報國的夢想走近了一大步。

以後幾天，介民在長沙看了一場蘇聯的電影，劇中的青年人為貢獻國家的理想而推遲結婚，引起他的共鳴，覺悟到自己和明珠也不必急於結婚。大部分的時間當然是用來讀書：他讀了一本寫空軍英雄閻海文事蹟的書《血灑晴空》、一本巴金翻譯的關於西班牙反法西斯內戰的《西班牙的鬥爭》、一本《朱德傳》。最令他欣慰的是收到母親的信，父母親不僅沒有責難還為他祈禱，離家的遊子總算得到了父母親的祝福。

六月四日，介民隨團入川，從長沙乘湘漢軍用專車，經岳陽、武昌、漢口；六月十七日從武漢乘「大興號」公務差輪，沿長江經沙市到宜昌換船，卻在宜昌等船等了將近兩週。一路上遇見來自天南地北甚至國外的人，介民會說閩南（廈門）話、福州話、上海話、「國語」，加上一點英語，雖然性不喜交際，倒也與人溝通無礙，甚至必要時替人做翻譯。有位來自菲律賓的第三代華僑青年柯騰蛟，出身富裕家庭，卻回國來投考航校報效父祖輩的祖國。柯帶著一架相機（據他自己說是可以拍飛機）、一隻小提琴（介民稱之為「懷娥鈴」，即violin），不會說也不會讀中文；由於都是福建人，介民替他作翻譯；途中柯生病了介民細心照顧他，從此成為航校同學、親密好友。五〇年代柯從台灣空軍退伍回到菲律賓，介民出差去菲律賓時兩人重逢，柯送了介民小孩一輛兒童三輪小車，令鄰里孩子們羨慕不已……這是後話了。

船行過三峽，停經萬縣、酆都，七月十一日抵達重慶，又開始苦候去成都的火車，等了兩個多星期，終於在七月底抵達成都。一路上介民把看過的書報雜誌寄回家鄉，給他最掛念的「仁哥」、「珠妹」讀；想到他們也能讀著這些文字，天涯咫尺，內心稍覺寬慰。但家人已四散到鄉間避難，福建醫學院遷到沙縣，福州已成孤島。而報上的消息有令他振奮也有令他悲憤的：「北平游擊隊活躍」、「我空軍轟炸南京長江敵艦」、「八路軍入冀東過熱河」、「武漢空襲」、「廣州又炸死兩百多人」、「敵機狂炸九江市區，東面砲戰甚烈」……

七月三十日，介民到成都空軍軍士學校入伍，成為二期（後為空軍官校十二期特班）驅逐飛行科學員，預期三年後畢業。

空軍軍士學校簡稱士校，位於成都老北門的北較場，那裡是黃埔軍校成都本部的所在地，士校學生在軍校裡被稱為「代管生」。軍校拱門式的三洞校門，正中大門兩側巨大的對聯標語寫的是：

「貪生怕死毋入斯校／陞官發財勿進此門」

發給生員的硬殼封面筆記本，介民顯然非常珍視，首頁題字「有志竟成凌雲願，以身許國報血仇！」下面是地點、身分和日期：「成都北較場，中央軍校第三分校／代管第二隊空軍入伍生營。／主一九三八、七、卅、起記。」簽名是薛介民，之下一顆心形框裡是「仁、介」兩字——他的心無時不與雙生哥哥同在。另外，還有兩只用簡單的兩橫槓中間一個圓圈、底下兩點代表飛機的圖案。左邊封面的反面黏貼著航校的校歌，有譜有詞：「得遂凌雲願，空際任迴旋。報國懷壯志，正好乘風飛去！長空萬里，復我舊河山。努力！努力！莫偷閒苟安。民族興亡責任待吾肩，須具有犧牲精神，憑展雙翼一衝天！」

從這天起，一九三八年七月卅日，這本硬殼面筆記本每天寫下日記，一直到翌年（一九三九年）三月九日為止。

在「八．一三」日軍侵華「淞滬事變」週年那天，介民用「薛海燕」的署名在日記本寫下：「步著先烈同志的血跡前進！光榮的死，才是永遠的生。」

半年多的「生員」軍事訓練生活，最苦的是眼看藍天遙遠無比，日思夜想的飛機根本摸不著。入冬之後由於官校的學生也來了，剛入伍的生員就被送到成都四十里外新都城的一座寺廟「寶光寺」去繼續入伍訓練。從航校轉進連電也沒有的小廟，以為從此「得遂凌雲願」的學員們的失望和怨憤自然難免。在寶光寺，正殿和禪房是不可以去的，生員的寢室是原先存放骨灰罈的靈房，三層木床，草棚當教室，食堂當然沒有，吃飯是蹲在地上吃⋯⋯。但介民並無怨言，無日不自勵自勉，關注時局、用功學習，學著英文還想學俄文；除了集體操練也自己鍛鍊身體，堅持冷水浴，還洋洋灑灑寫出一篇論冷水浴的益處和實行的方法。

艱苦戰爭年代的軍伍生活，在介民的日記裡處處可見生動又扣人心弦的描述：

「一九三八年十一月卅日，陰雨惱人，拜三。升旗後，瀟瀟雨下！我們仍出發打野外，風颸得有點冷不住，水濕頸子又不舒。我今天佩輕機槍，受罪了，可是也能應付自如，找回散兵群……。演習兩班各一次，前仆後繼，快跑臥倒，不管棉衣了，草鞋踩入軟田泥中，拔起來只有襪子了，很吃力，衣服滿泥汙，但也沒衣服換，手凍面寒肚飢足軟。早收操回營，兩三同學洗冷水浴，大家看得搖頭，『我們是鐵的隊伍，我們是鐵的身心……』。我自覺很能耐冷，當風颸來時，冷水澆頭下，不怕，練成鋼骨銅身漢，將來高空飛行好！……」

他當然時時關注戰情，尤其家鄉和附近的情況，讀報之後摘錄進日記裡。這是同一天的日記：「敵機近日窺探閩南各縣。閩旅菲華僑積極救濟難民！閩北台民參加祖國抗戰。敵機狂炸常德。三水敵大部撤出。從化我軍前進！……」

他如實地記下同袍發生的令人扼腕的悲劇：

「一九三八年十一月廿七日，陰沉，禮拜日。一六連一位北方同學，發神經病，打人，亂唱胡說，如哭如笑！同學把他綁在儲藏室中空床上，他臉上亂打亂搖，一點一孔的，面色還如常，但眼睛變了樣，野獸似的給纏縛在床上，他很少醒過來，也會喊痛憤怒，但又要打人了！大家說他因家鄉給日本人占了，家中的人生死無音訊。我們在希望他能早日恢復精神

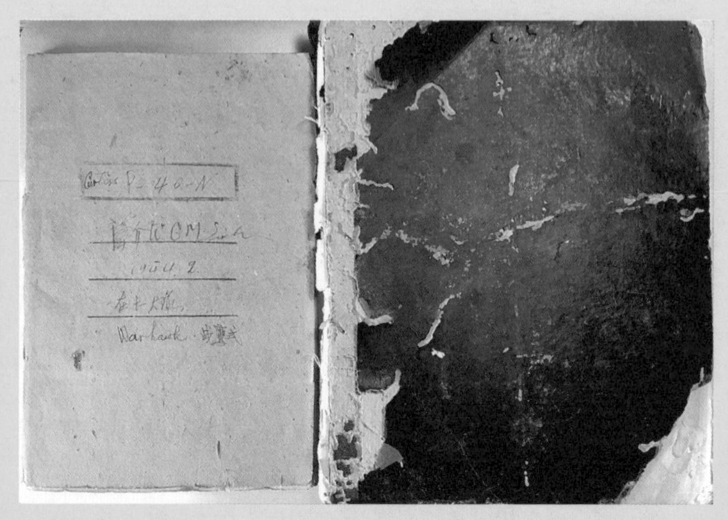

介民的飛行筆記。八十年前的硬殼封面筆記本。

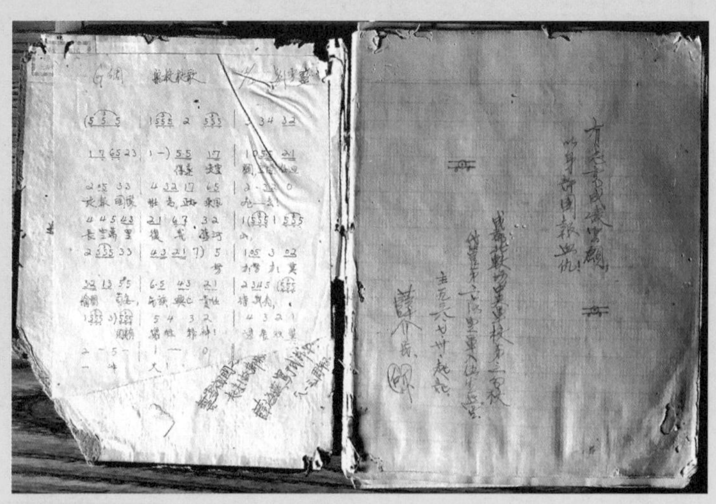

左邊封面的反面黏貼著航校的校歌，有譜有詞。

健康，但這已不好飛了！」

大後方的成都當然不同於他福建的家鄉，更無法跟他住過的上海、南京相比。在日記裡，介民痛心地這樣描述國難期間的成都：

「成都街道土濕碎，臭得要命！路上所見之多有菸店多（福菸占相當位置，虎標萬金油這裡特別普遍），土膏店多，棺材店多，大便多，這表示人民不健康，不衛生，人物表現，乞丐多，餓童多，車夫多，都是瘦得可怕！男人多頭紮白布當帽，一支旱菸管，女的脂粉不勻，水菸筒。馬很少見，黃牛當馬，載貨耕田，頸掛銅鐘子。……」（「土膏店」就是鴉片菸館。）

後方的景象雖然如此不堪，想到前線戰士還在奮勇殺敵，他便不以自律為苦，只是迫不及待學習飛行的那天到來。軍隊生活體力消耗大，介民總是感到肚子餓，但捨不得花零用錢「打牙祭」，為著要省下來買郵票寄家信。十二月天夜裡凍得手腳冰疼，隊裡終於發下了新棉被，身體暖和了，他卻提醒自己「要記著，這都是民脂民膏！」

有幾次敵機來炸，眼睜睜看著空戰，恨不得「跳上天去！」對於敵機第一次轟炸成都，介民在日記中有第一手的生動描述：

「十一，八，晴，細雨紛紛，敵機第一次炸成都！收操回來，雨細細細下，天滿面天灰色，地靜靜地躺著，上課，大家再也想不到敵機會來炸的！我沒有聽到警報，一叫哨子我們砰砰撲撲下樓拿槍去，一直往四面觀音那邊躲去，雲雨灰霧，今天敵機怎麼好來？準撞山『自死』。等了好久，我空軍和聲同氣地高飛起來了，雲中上下戒備著！慢慢地南天雲裡嗡嗡群鳴，哦來了，未見機影，『洞——』南機場空軍學校炸了，慢慢地過來了，在我面前半空，八架台過去，我們驅逐機二架，居高臨下，Dive下來，敵機數十挺機槍先發了，隊形很密接，我機衝下對左小隊左機攻擊，但是馬上一栽下來，好像不能起來了，馬上又『嗚』起了，但是不再逐，另外一架也不衝前，讓它們走入雲中低飛炸北機場去，『洞——！』為時廿分？敵機去了。我空輕重轟炸機，歐亞中國公司機仍在飛著。未知空校炸得怎樣？聽說那架直衝下去的，是受傷了，機師是受彈。今天太便宜了敵人！天氣很不好，但它們『如願返防』，高射砲他們說聽到的，但沒有一點勁力！我空軍太少了，送到口中物不能如願打下來，我看得心急，要跳上天去！」

介民和他的同學們是次年二月底離開新都寶光寺，住進了成都的空軍士校；換上空軍軍裝，坐在有座位的飯廳裡（雖然廚房的衛生條件差得可怕，廚師有性病，食物如果細看就不敢入口），至此才算過上了真正的航校的生活。

（當我小心翼翼的翻閱這本寫於八十年前，經歷多少劫難竟然奇蹟般保存下來的筆記本，看著破損的封面、蟲蛀的紙頁、漫漶的墨跡、密密麻麻但整齊的字體，彷彿這位出生在一百年前、早已作古的書寫者，竟還是那個滿懷凌雲壯志的二十歲青年，隔著浩瀚的時空，斷斷續續地敘述著他的故事⋯⋯。八十年後，我去到了寶光寺。位於四川廣漢，以「五百羅漢」著名的寶光寺，裡外裝修得莊嚴氣派，早已不復當年面貌；庭院裡有一塊布告欄上列出了這間寺廟獨特的歷史：當年黃埔軍校、陸軍官校和「航校」都曾借住此地，現在猶存的兩側廂房便是當時的學員宿舍。）

民國廿八年（西元一九三九年）三月四日，士校第一、二期的學生舉行「開學、升學典禮」，由當時的教育長王叔銘主持。他們開始在成都太平寺空軍士校正式接受訓練，初習飛行。

初級飛行訓練，是要教會毫無飛行經驗的人，在空中駕駛一架飛機、並操作各種不同的飛行動作。先由教官帶飛示範，學生依照學做，直到能夠「放單飛」——獨立操作起飛和安全降落。學校規定：每個學生都必須要在十個小時之內達到單飛的程度，否則就會被淘汰。在這第一階段，就有將近三分之一的學員被停飛刷下了。初級飛行訓練近十個月，飛行五十小時，到最後淘汰了半數以上的學員。

（據同班同學、二十年後的「同案」李和玉在調查時供稱：薛介民於初級飛行時，「風頭很健」，是全期同學第一個放單飛的，「學業好，會寫文章，寫了一篇〈單飛記〉登在報上，同學們都敬仰他。」介民的英文也比一般同學好，曾為李和玉寫一篇英文短篇作文，供李準備少校考試之用。）

同年春，介民開始在《中國的空軍》投稿，筆名「薛海燕」、「林青雲」，描述宣傳空軍飛行生活、空戰紀實、烈士英雄事蹟等文章、詩詞，鼓勵青年投效。

「我願意在這裡給你寄詩，歌頌你剛毅果決的精神！可惜我寫不出美辭，只有把我的心整個獻在你面前，在裡面有頌讚的美歌！……當你高飛在空中時，希望你低首向社會的每角落細察，其中充滿有寶貴的教訓和勉勵！記著，那時你應該把偉大的愛普遍地播散給大眾！謹祝你在這偉大的年頭，成就報國的技術！」

這是一九四〇年，明珠送給介民的新年獻詞。介民的回答是：「等待這血債都算清楚，我望展雙翼飛向海濱伴你同住」——「在天願作比翼鳥，在地願為連理枝」。

明珠為介民編織了毛衣毛襪、手套圍巾，通過千里烽火山河大地，寄到介民手中，暖和

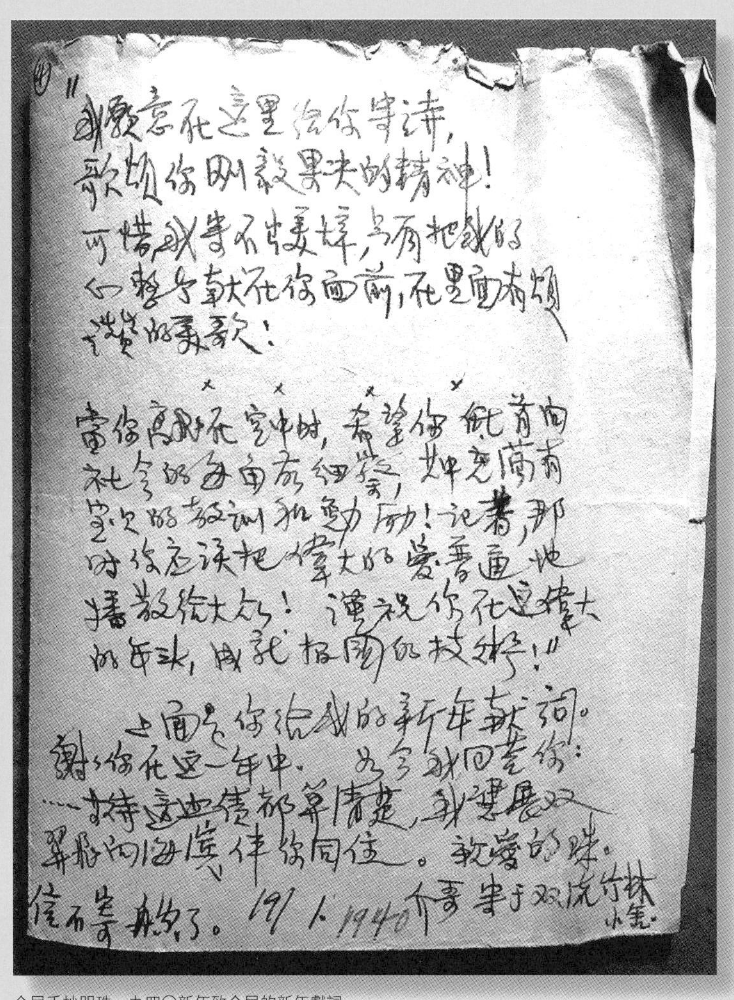

"我愿意在这里给你写诗，
歌颂你刚毅果决的精神！
可惜我写不出美好的，只有把我的
一整个献在你面前，在里面有颂
赞的美歌！

× × × ×

当你飞翔在空中时，希望你能看向
社会的每角落细察，如果看见有
需要的教训和鼓励！记着，那
时你应该把伟大的爱普遍地
播散给大众！谨祝你在这伟大
的年头，做我祖国的技術！"

上面是你给我的新年献詞。
谢谢你在这一年中。如今我回答你：
……等待这些债都算清楚，我要展双
翼飛向海濱伴你同住。敬爱的珠。
信不[illegible]了。1/1/1940 介哥写于双流竹林小屋

介民手抄明珠一九四〇新年致介民的新年獻詞。

了他的冬天。介民也為明珠在大後方蒐尋婦產科方面的書籍，寄回家鄉給她。

民國二十九年（西元一九四〇年）年初，介民隨二大隊調到雙流機場接受中級飛行訓練和學科教育，從駕駛小馬力飛機過渡到大馬力飛機。當時的成都平原可謂中國空軍的大本營，其中以太平寺機場最大，長寬各有八百米，而雙流機場比起來要小三分之一。

（但是今天的成都雙流國際機場已是中國中西部最繁忙的樞紐機場，名列世界前五十大繁忙機場。二〇一三年八月我們去到成都，因當時中國民航飛行學院黨委書記朱勇先生的陪伴，得以參觀太平寺機場——廢置的機場，停放著退役的舊式飛機，我們的「參觀」只能是憑弔；但想像七十年前，雄姿英發的空軍健兒們就在這裡練飛、出征，心情依然激動。朱勇是故人之子：他的父親朱鐵華是介民的同班同學，介民日記中多次提及這位好友，也存留了好些張兩人和集體的合影。朱鐵華與妻子來華的婚姻正是介民和明珠撮合的：明珠醫學院畢業後在永安省立醫院做醫生，來華在那裡任護士，後來她們都去了南京，成就了一樁好姻緣。）

二月廿六日（陰曆正月十九日），介民父親逝世。身在軍校的他，得到消息卻無法回鄉奔喪。在給明珠的信上他寫道：「因為爹的去世，我怕聽到夜犬之吠，斑鳩哀叫，甚至同學的歌聲，淒冷的雨……」他忍受著喪父之悲，等待自己「長著鐵翼」的一天。

三月，汪精衛於南京成立偽「國民政府」。抗戰進入了更加艱苦的階段。

秋天，介民在學校涉及「學生毆打教官」事件──案首為同學蔡汝鑫（後來未見列在畢業名冊上），起因教官對待學員不公平引起公憤；在平劇晚會上學員座位被分到後排，學員心生不滿，與值星官發生爭執而被罰立正，更激發學員們的憤怒，以致與教官發生衝突，結果全體學員被罰禁足。其實學員們對校方法西斯式管理和奴化教育的不滿由來已久，此事正是長久積怨的一次爆發。介民雖未動手，但因同意蔡同學的看法而令校方不滿──全校所有同學都被迫寫「感想」，介民的感想內容要點是「如果分配座位比較平均，就不會發生這個不幸事情」；學校認為他的看法不應該，傳他去問話，指控他與思想激烈左傾的蔡同學過於接近（介民與蔡是福建同鄉），於是被關禁閉兩週，寫了悔過書才被釋放。此事多年後仍然記錄在介民的檔案裡，揮之不去。

十月四日，日本「零式戰鬥機」首次進襲成都。這款日本新研發的戰鬥機靈活、高速，續航力和通訊能力強，成為太平洋戰爭期間最知名的、令盟軍最頭痛的戰鬥機。

民國三十年（西元一九四一年）年初，介民回到太平寺開始高級飛行分科訓練，使用大馬力的飛機，在更大的空層和空域中，進行各種空中作戰的技術演練。「分科訓練」分為驅逐飛行科和轟炸飛行科，分在哪一科取決於學生的意願和飛行教官的意見，但以後者的意見為主。介民進了驅逐飛行科。驅逐機也就是戰鬥機，只有一個飛行員座位，單飛獨行。介民單飛霍克三式機，有一次起飛時操縱失當，在T字布（用在機場上指示飛機著陸方向和位置的T字形標誌物）旁栽倒，機毀但幸而人無恙。

一九四一年十二月七日，日本偷襲珍珠港，太平洋戰爭爆發。美國介入之後，原先以志願隊名義來華的美國空軍人員，改編成為「飛虎隊」，後又進一步編制為美國空軍第十四航空隊，正式加入與日本作戰。

民國三十一年（西元一九四二年）一月十五日，介民從空軍士校二期、官校十二期特班驅逐飛行科畢業。（正式畢業日期應是前一年的年底。）該期共畢業一〇五人，其中驅逐飛行科五十九人，轟炸飛行科四十六人。之所以有「士校二期／官校十二期特班」這樣的「雙學歷」，是由於一段特殊的歷史背景：抗戰時期急需大批空軍人才，只憑一所中央空軍軍官學校完全無法達到要求，因此在內地再成立了一所飛行訓練學校，廣招生員、快速培養飛行人員；而全國青年、尤其是淪陷區的年輕人，都視之為從戎報國的最佳途徑。他們以為航校也就是空軍官校，進去之後發現是「軍士學校」，畢業後只是士官身分，而非如官校畢業生的軍官身分。如此不公平的待遇引發很大的抗拒情緒，最終的解決方案是：將士校的畢業班學生增加半年的學習課程，畢業後按照軍官待遇授銜少尉，從此士校畢業生除了士校的期別之外還有比照官校的期別；而為了區分，士校畢業生的官校期別要加「特班」兩字。所以士校第一期畢業生授以「官校十一期特班」、第二期是十二期特班，以此類推，直到四期完成時美國已經介入訓練，士校已無存在的必要，士校五、六、七期都併入官校受訓，從此士校走入歷史。

台灣的同學們在一九九一年——畢業五十年後，出了一本《空軍士校二期畢業五十週年紀念冊》，有三百多頁，內容非常豐富；從入學、訓練、學校生活大小事件，到後來各人的發展、遭遇，甚至退休後兩岸老同學重聚的情景，都有回憶敘述。每位同學有一則「個人資料專頁」，除了姓名籍貫照片之外還有一段「小傳」，介民當然也在其中。

當年的航校同學在紀念冊裡這樣寫他：「薛介民，福建人。此人看來老成持重，不苟言笑。有一雙胞胎的兄弟，名為薛仁民。……在考入士校前，就在福建某醫院大學讀過一年。抗戰軍興時，才投筆從戎。自修很勤，筆下不錯，寫過不少文章。」

畢業後同年五月，介民調鳳凰山空軍八大隊接受後續訓練，分發部隊任飛行士見習服務。年底調四川新津驅逐訓練總隊見習一年多，集中E-15、E-16型飛機的作戰技術訓練。

在一封一九四二年底給仁民的信中，介民有感寫道：「中國無重工業，工具都是外來，甚至一支小釘子也不能自造，如寄生草落根在別人身上，是多麼可憐！」因此他希望三弟仲民將來成為科學家或工程師。其實介民的志趣是文科，他喜歡寫作，除了發表詩歌還悄悄地寫自傳體的小說，題目暫定為「假如我為了真理而犧牲」，第一章「姑丈的死」（可能是寫明珠父親捨己救人的事蹟），第二章「仁介的愛」，第四章「你我初戀」，最後一章是「我的犧牲」；到一九四四年出國前已寫到第三章，二萬四千字。可惜都沒有存稿。這麼一個充滿寫作熱情的人卻生不逢時，無法享有悠閒寫作的奢侈。他只有以身許國，做一名戰士。

民國三十二年（西元一九四三年），介民晉升為軍官，分發第五大隊（四川雙流）當隊員半年，進行新機P-66的訓練。他在十一月十五日的日記裡記下：

「灰雲雪輕，飛行去，先飛到小北美六個起落，就飛P-66，天下無難事，新奇進取，大膽心細。（1）下滑向左側，（2）拉高，有點重！心裡很喜歡的，下午接到聯合畫報社的畫報，心裡很安慰，我做了一個新的嘗試……努力，大膽，勇敢，戰鬥，從P-66起手。」

後調十一大隊（太平寺）半年。身為軍官，介民還是非常節儉，省下伙食費，還有平日寫詩和短文投給報紙的稿費，按時匯給媽媽，偶爾也匯給仁民和明珠的母親，都一筆一筆的記下。

有一本介民在一九四三年十月一日到十二月卅一日寫於雙流的日記「V的生活」（V代表勝利——Victory），不僅有逐日的記事，還有他投稿的剪報。

到這時，介民和明珠分離已經整整五年半了。他們談到明珠次年畢業後來川相聚的計畫。然而十月廿日那天介民寫道：明珠來信，說已稟告介民的母親，她明年醫學院畢業後不來四川與他結婚了！一方面是負擔不起旅行、成家的費用（介民每月收入僅五百元，一張郵票就要四元；而入川路費需五千到八千元），而主要是她決定要投身醫學事業，專攻婦產科。（之前一年她是想過到內地來實習，但沒有合適的醫院和條件，更無法負擔路費，只得作罷。）介民內心當然是有深深失望和苦惱掙扎的，但最後他想通了：讓仁民哥先結婚吧（雙生兄弟原先是想同時結婚），既然「愛人和愛國矛盾」，他和明珠等到戰後再結婚，現在的自己應當勇敢殺敵，「把我的翅膀做珠的手術刀」。在他的心中，明珠是「最勇敢可愛不過的女子」，因為她「把愛人送給了祖國」。他把明珠比喻為傲霜的秋菊。介民在信中對她說：中國人，兩百萬人中才有一位醫生，家鄉需要一位女醫生；他了解尊重她的志氣，他歡喜祝願她成功，而他自己也將展翼萬里長空。

姓名	薛介民
出生年月日	
出生地點	福建廈門
投考考區	福建廈門

家庭狀況

稱謂	姓名	出生年月日及地點
妻	姚明珠	

小傳

介民福建廈門人，有一同胞學生兄弟名薛仁民，家庭以行醫爲業，因受前輩之影響，中學畢業後即進入醫學預科，仍以行醫爲志願，然抗戰爆發，沿海立即受到日軍威脅，因而投筆從戎，考入空軍軍士學校第二期，民國三十一年在成都飛行畢業，隨即分發第十一大隊工作，民國三十三年赴美受訓，次年返國歸隊移防西安，遷台後赴空軍指揮參謀大學受訓，完訓後並留校擔任教官，其妻姚明珠原爲同學，習醫完成後在東港空軍醫院任婦產科醫師，介民調回空總服務時，其妻亦調基隆市立醫院工作，並在台北自營診所，後因舊案發審繫獄多年而雙雙失去連絡。

通信地址（變更登記）

「紀念冊」關於介民的一頁。

空軍官校十二期特班畢業同學名錄（共一〇五人）

轟炸飛行科畢業同學名錄（以姓氏筆劃為序）

江憲輩 向榮駿 林乃順 林崧生 朱璧譜 朱鐵蒲 朱鐵華 何炳芝 吳述道 李乃樑
李兆益 李成林 李嘉誼 李政功 李隆元 李學修 李耀林 李耀佳 竺克猛 姜耘華
周大道 周繼梨 胡燕吉 袁宏俊 梁張鑽 馬仲伯 馬駿康 陳紹凱 陳允瑞 賀潔甫
曾華漢 許盛椎 郭茂炳 張立志 張若蕙 傅成中 彭鉞臣 楊汝霖 謝紹安 劉文運
劉光起 劉守世 劉耀宗 劉飛鵬 繆　芳 鄭澤民（共四十六人）

驅逐飛行科畢業同學名錄（以姓氏筆劃為序）

于　堅 王永華 王友欽 王賀林 毛嚴武 白雲龍 田枚卿 冉瑞輔 宋選學 沈廷偉
何旭村 何紹修 李錦光 李和玉 李茂然 李炳武 李樂年 周達柱 周達材 吳勛飛
吳森林 金子明 胡朝聘 梁國炤 梁德齋 張文清 張思漢 張立濤 張天駿 張善明
張建韜 張國定 陳式薰 陳國祥 陳宿清 黃奇璋 黃特有 黃仲偉 黃振青 孫重斌
程尊儒 覃紹榮 柯騰姣 雷再鳴 趙良璋 賓海雲 鄭澄惠 鄭振良 劉稚輝 劉好忠
盧錫任 錢鐵錚 蕭錫雲 羅問陶 羅寶文 薛介民 韓扶崢 關俊秀 馬志成
（共計五十九人）

同期畢業同學錄。框中的名字，有的犧牲、有的失事、有的投誠、還有同案的……

介民跳傘著陸，一九四一年八月十四日。

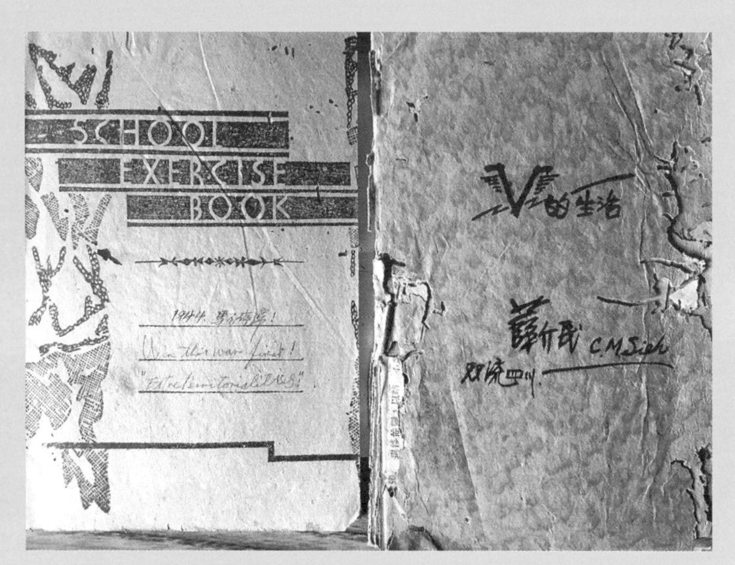

左：航校日記，一九四四。右：V的生活，一九四三年十至十二月

假如我为了真理而牺牲

1=F 4/4
坚决、自信地

海燕词
野雪曲

1.假如我为了真理而牺牲，
2.假如我为了真理而牺牲，
3.假如我为了真理而牺牲，
4.假如我为了真理而牺牲，

我燃烧不灭的心，会不朽地欢欣，永远地安宁。爱我的人们
我革命灿烂的花，会带来了胜利，并展在春天。神圣的爱情
我海誓山盟的人，您用不着痛苦，更不必寒悄。勇敢的心儿
爱葬在大海之滨，饮无尽的泉水，听浪的斗争。美丽的中华

哪！我早就献给伟大的祖国，请不必恸哭和伤心，
哪！太阳从西边又升起东边，这美丽的光辉万万年，
哪！自由是您的自卫的盾牌，千言万语我爱您前进，
哪！巨人站在太平洋浪上，高唱着自由和解放，

渐慢

假如我为了真理而牺牲，请不必恸哭和伤心！
假如我为了真理而牺牲，这美丽的光辉万万年！
假如我为了真理而牺牲，千言万语我爱您前进！
假如我为了真理而牺牲，高唱着自由和解放！

介民以「假如我為了真理而犧牲」為題作的歌詞。海燕（薛介民）詞，野雪（趙良璋）曲。

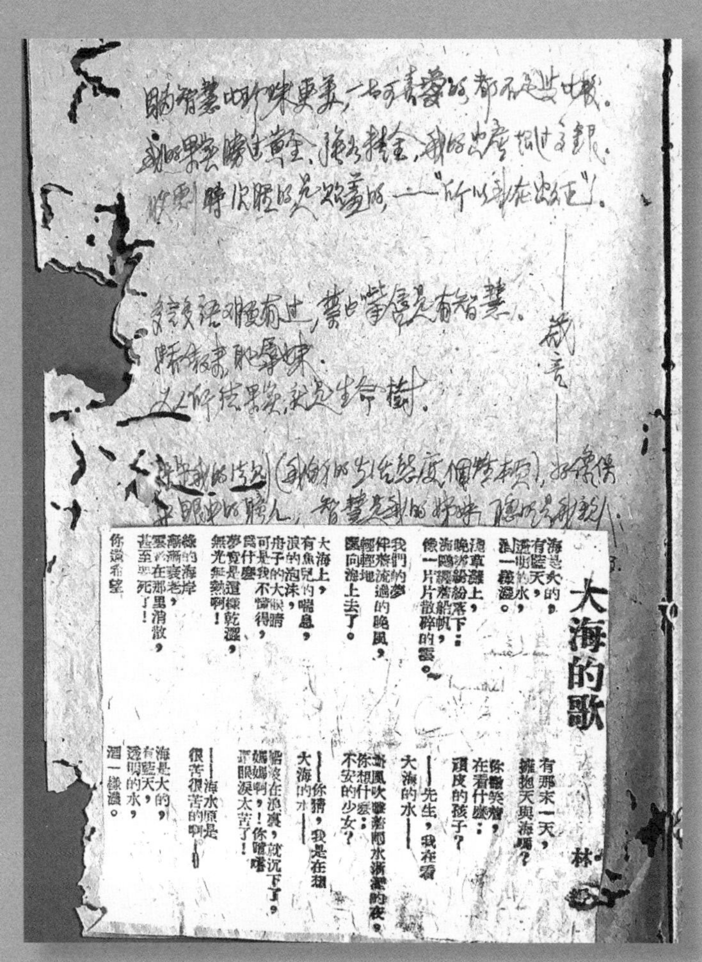

大海的歌

林[illegible]

海是大的，
有藍天，
透明的水，
酒一樣濃。
[illegible]灘上，
晚[illegible]紛紛落下：
海鷗[illegible]船帆，
像一片片散碎的雲。
我們的夢
伴[illegible]流過的晚風，
輕輕地
[illegible]向海上去了。
大海上，
有魚兒的喘息，
浪的泡沫，
舟子的大眼睛，
可是我不懂得，
爲什麼
夢竟是這樣乾澀，
無光無熱啊！
綠的海岸
[illegible]衰老，
雲[illegible]在那里消散，
甚至要死了！
你還希望
有那末一天，
擁抱天與海嗎？
你微笑着，
在看什麼：
頑皮的孩子？
——先生，我在看
大海的水——
晚風吹響着雨水淅瀝的夜。
你想什麼：
不安的少女？
——你猜，我是在想
大海的水——
船沒在浪裏，就沉下了。
媽媽啊，！你嚐嚐
那眼淚太苦了！
——海水原是
很苦很苦的啊——
海是大的，
有藍天，
透明的水，
酒一樣濃。

介民發表的詩作〈大海的歌〉。

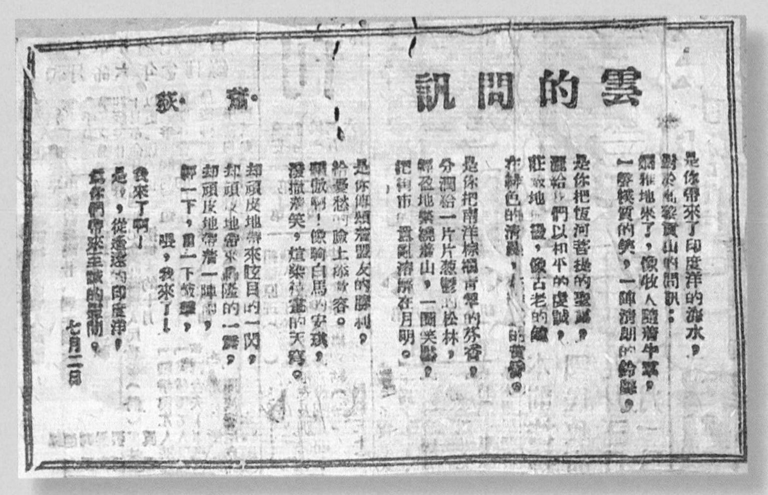

雲的問訊

[illegible]荻

是你帶來了印度洋的海水，
對於[illegible]黎貢山的問訊：
[illegible]雅地來了，像牧人隨着牛羣，
一聲[illegible]質的笑，一陣清朗的鈴聲。

是你把恆河着地的聖[illegible]，
灑給[illegible]們以和平的虔誠，
莊[illegible]地[illegible]，像古老的繪
在綠色的[illegible]，[illegible]的[illegible]。

是你把南洋棕櫚青翠的芬香，
分潤給一片片葱鬱的松林，
縈盈地繞着山，一個笑靨，
把[illegible]市[illegible][illegible]在月明。

是你傳頌着盟友的勝利，
給憂愁的臉上添[illegible]容。
驕傲啊！像騎白馬的安琪，
[illegible]撒着笑，渲染着[illegible]的天穹。

却頑皮地帶來眩目的一閃，
却頑皮地帶來霹靂的一聲，
却頑皮地帶着一陣雨，
[illegible]一下，[illegible]一下[illegible]，
嘿，我來了！

我來了啊！
是的，從遙遠的印度洋，
為你們帶來[illegible]的問訊。

七月二日

介民投稿的詩作〈雲的問訊〉。

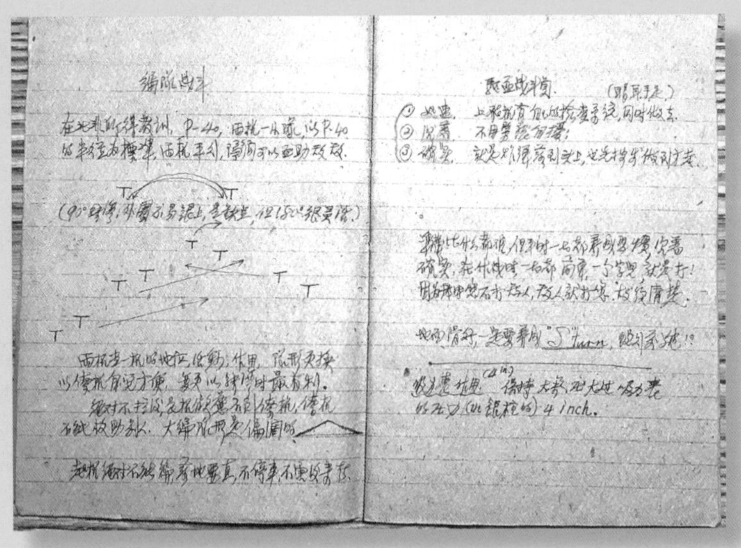

介民P-40-N 戰機手冊。

在這封「小我vs.大愛」的信裡，介民這樣寫道：「……我希望您醫術成就，盡我所能助您，當然不會阻止或妨害您，因為我倆都認為有比『自私』重要的事業在我倆前頭，因此，我倆一別已六年，無限痛苦——不，不是苦，是愛的綿延不盡，我倆都一一忍受，還要忍下去的。您的工作何其重要，中國人，二百萬人中才有一位醫生救他們、她們，永安需一位女醫師，珠啊，這在我也覺光榮。當然，您每日夜只聽見呻吟，看到創傷、痛苦，為著救治別人，犧牲小我自私的愛，在為同胞為祖國上，是再偉大沒有。……在那白色的病院中，透過窗簾，一方藍天，落入您的眼底，您望白雲，會憶念我的矯捷的鐵翼，還有可愛的馬達，鋼砲交鳴。……

「我回想在南京接您欲考省醫的信，您早已立志做獨立女性，要救己救人，為可憐的女同胞努力一生，那時的我就深深地感到您的偉大志願，我已很歡喜在祝望您，今日您成功在即，我也展翼萬里長空，為爭取最後勝利，祖國需要我們……」

一九四四年來了，國家還在艱苦抗戰中。二月，介民在自己二十八歲生日這天的日記裡寫道：

「今天是仁介雙生日，下午孤獨走去城中，匯五百給媽，買兩次九元花生當作『紅蛋』，在灰霧暗雲的黃昏田間。……各機場大大擴大，新津有人因田被開了，上吊死！黃天垻老百姓同測量人員打架，美國人開小車在場，遭打了。……米已賣到七百以上一新斗了，中國人是怎樣在吃苦。」給自己的「慶生大餐」是兩包花生米；而心心念念的還是戰爭年代的苦難。

在一九四四年初的日記中，介民好幾處提到一位成都華大的女學生「Miss王」常找他見面，用芳香四溢的粉紅色信箋寫信給他，約他散步談心。他不是沒有動心，但理智地保持著距離——他要「永遠忠於珠」。日記中也提到飛行失事慘死的同學，心裡明白：意外和犧牲，是幾乎無法避免的；在內心深處，越是深愛他的珠，越是擔心隨時都有可能留下她一人在世上。

無論是私密的日記還是給明珠或仁民的信裡，介民總是自然流露出在那個年代少見的男女平權的思想。譬如他說過：「守貞」的觀念不能只片面對女性要求，男性也應該有同樣的自律；看到同事毆打妻子，他難過到「我心欲裂」；明珠堅強、獨立，理想和事業心重過兒女情長，堅持兩人都能自立時才結婚，因為她「死也不肯給男子養」……換作別的男子，也許會覺得性格這樣獨立好強的女人不會是好的伴侶，但介民不僅欣賞、尊重她，而且總是給她發自內心的讚美和鼓勵。

介民有一本封面註明「Curtiss P-40-N Warhawk戰機」的筆記本，寫於一九四四年二月至三月「在十一大隊」，圖文並茂非常詳盡；當是他在太平寺練習駕駛美式「戰鷹」飛機的筆記。這本全屬專業、對我是「隔行如隔山」的手冊中，有一段話卻是我可以理解而且令我肅然起敬的：

「驅逐（機）飛行員：

（1）迅速：上飛機有自己的檢查系統（眼、耳、手、足），同時做去。

（2）沉著：不用緊張自擾。

（3）確實：就是炸彈落到頭上，也先按步做到才走。」

讀著這些話，讓我懂得了「視死如歸」是怎樣的一種情懷。

福州分別在一九四一年和一九四四年兩次被日軍攻占。國破山河在的春天，一九四四年四月，介民用「薛海燕」之名寫了一首抒志的長詩〈沒有眼淚〉：

沒有眼淚，沒話說，／看那第一滴嬰孩的血，／從敵人的刺刀尖，／滴在祖國受難的土地上。

我！／就封鎖了淚的閘門，／走啦！／沒留一滴眼淚。
「應該背起他的十字架，……」／「人還能拿甚麼換生命呢？」——馬太福音
我把全生命獻上給祖國。

春天呀！／（到處都有春天，可是，／都沒有家鄉的美麗）。
馳著一匹綠色的野馬，／第七年來了！／她飛過我的翼下。
沒有眼淚，沒話說，／我自己把年華，／孤獨地，／一秒一分地堆砌著，
像是每一塊方磚，／每一塊硬石頭，／重壓在我心的最深處，
已築成一道／回憶的長城了。
我最惦愛的人們哪！／請永遠住在／我心的門內罷，
最可恨的敵人呀！／都射殺在／那城外的山下。

沒有眼淚，沒話說，／我不訴半句軟弱的話，
（與其是永遠訴不盡，／不如不說好罷！）
當我們將自己的一切，／都獻上 給抗戰的祖國。

到了今天，／我們才體驗到／這世紀的偉大！
所以，最痛苦的來了，／我們體味到最光榮的一剎那，
——那也是永遠的偉大！

沒有眼淚，沒話說，／我不說屈辱的話。
親吻您！／母親，我們的大海呀，／您那遙遠的波浪哪。
從您風暴的懷胎中，／誕生的孩子們，／根本就不知道——
宇宙間有阻礙和可怕，／喜馬拉雅呀！／都低首在我們的翼下。

可是，我暴風雨的海燕哪！
日夜在虔禱著上蒼——／「我心願飛回我的老家，／那裡有著永遠澎湃的波濤！」
當我們把所有的強盜，／趕下海底去，
大海！我們老苦的母親哪！／在我們真的再見的第一剎那，
（那絕不會還像這七年中，／任何的一個夢吧。）／我馬上會歡笑到發狂。
沒有眼淚，沒話說，／說不出一句話呀！
我的心就會爆炸，／就讓它自然地炸罷！

那一天，
我們才體會到
這世紀的偉大！
所以，最有希望的事了，
我們都體會到最光榮的一刻啊，
——那也是永遠的偉大！
沒有眼淚，沒話說，
我不說傷痛的了。
親愛的！
母親，我們的大海呀，
您那遙遠的波濤啊，
從您風暴的懷抱中，
誕生的孩子們，
根本就不知道——
宇宙間有阻礙和可怕，
喜馬拉雅呀！
都低首在我們的腳下。

去我們把所有的鍾愛，
投下海底去，
大海！我們英勇的母親啊！
在我們青春的再大的希望一刻啊，
(那總不會再使過七年中
人也會的一個夢吧。)
我馬上會歡笑和發狂，
沒有眼淚，沒話說，
說不出一句話呀！
我的心就會爆炸，
就會完全自由地飛翔罷！
我會帶著我的靈魂，
去擁抱那面
飄揚的太陽旗，
也讓我永遠地安息一下，
就安眠在您的懷抱裡罷。

盼望那愛我的人們，
都去到您的最深處，去！
去追尋我那多少年
從沒流過的血和淚呀。

可是，我是風雨的海燕啊！
白浪在漫捲著天蒼——
激蕩那個我的老家，
那裡有著永遠飄揚的旗幟！"
——寫於第十一大隊。

〈沒有眼淚〉手稿。

我會帶著我的馬達，／去撞碎那面／最後的太陽旗，
也讓我永遠地安息一下，／就安眠在您的懷抱裡罷。
盼望那愛我的人們，／都走到您心的最深處，去！
去追尋我那多少年／從沒流過的血和淚呀。
——空軍第十一大隊

一九四四年六月，介民奉派去印度接收美國的新式戰機。從此他和明珠將離得更遠了。（但當時他還不知道，印度之後緊接著就被送去美國接受訓練，要直到將近兩年之後才能回到故土！）這些年來，他無時不做著殉國的心理準備，此去萬里，更不能預料能否生還；即使能夠，也不知何日才能歸來，而就算歸來，若是戰爭持久、國破家亡，他倆還能重逢嗎？他不忍讓心愛的人耗盡青春苦苦等候著他，他說要給明珠「自由」，卻被她痛苦地誤解要分手。這份苦心，要多少千言萬語才能說得明白！所幸，他倆自小的相知和多年的相愛，給了他們對彼此足夠的信心。明珠曾問介民：「大愛小我如何選擇？」介民毫不猶豫的回答：「大愛第一！」這樣的共識，是兩人經歷長久的時空阻隔而始終不變心的基礎。

臨行之前，介民寫了一封奇特的長信，不是寫給明珠的但寄給了明珠——這封信是寫給

一個他們還不知道的人，一個在未來將要愛上明珠的男子。介民對「他」細數明珠的優點：溫柔、堅強、聰明、勇敢；要他全心全意對她好、在工作上幫助她；要他對她寬容體諒不讓她傷心，因為如果她傷心了就會想念介民；他希望他們真心相愛，為抗戰建國出力，為勞苦大眾服務；他衷心祝福他們永遠幸福……

寫給一位真心、完全了解、而決心愛我的表妹姚明珠的男子，很看重自己也敬重他人的青年。薛介民，海燕。April 17, 1944, 四川，成都，簇橋，空軍十一大隊。

XX，

我現在完全不知道您的名字，但是我相信您已生活在這世上了，而且正在為人民，和我們的祖國服務著，我希望您很康健喜樂。……

我告訴您，明珠是純潔，堅志，健康，高大的女子，我從小沒見她發脾氣，或對不住別人，她是寧肯犧牲一切為別人，為祖國。她是溫柔但堅強的性情，聰明好勝，總之，她會客觀勇敢做人過活。……

望您們在相知相當日子後，到了雙方真心相見，能夠真心相愛了，快快結為夫妻吧，我不會傷心或苦痛，當我知道您們成婚的消息時，祝您們永遠幸福，身心均健，家庭喜樂，為人群服務，為抗戰建國出份力。

請不要為我的心情而難過，我已決心這樣做比一切辦法都好。我決心犧牲一切為了抗戰，就是說為了不使下一代、這代同我同年紀的青年男女再像我這樣受苦，但願人類爭取另一個、最進步的目標，完全世界大同，呀—那又該流多少血和淚，犧牲多少愛的淚！

我希望您們幾項事：

（1）當您們提起我的名字時，更增加您們的愛，更努力工作。

（2）注重您們的身體，為勞苦大眾去服務。

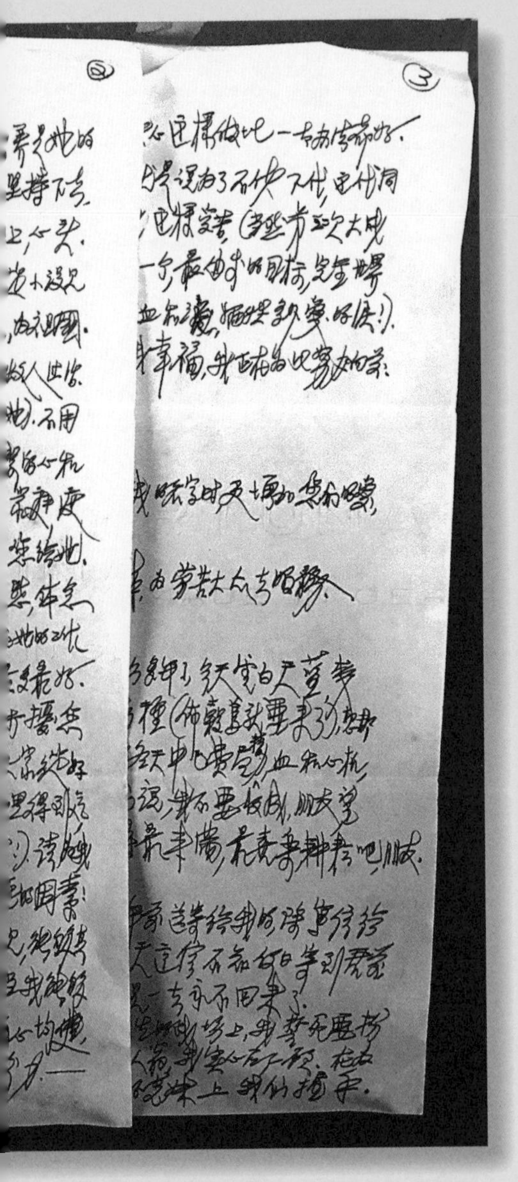

介民「給一個陌生男子的信」。

這真是一封罕見的「情書」。會寫出這樣一封信的男人，是真懂得「愛」的——小我的愛、大我的愛、無私的愛。這封信，明珠也好好的保存了。而那個男人，永遠沒有出現。

明珠收藏了介民一九三六到一九四四年間寫給她的三十多封信——除了一九四〇年五月到一九四二年六月因故中斷（這個「故」下一章會詳述）。當然，總共絕不止這個數目，這些應該只是萬金家書中倖存的一批吧。那些年他倆相隔千里無法見上一面，連年戰火令國土淪亡百姓流離，兩人各自的生命中都發生了命懸一線的事故，信中的連篇血淚與思念又怎能表達於萬一！

這批信件其中多數有年代可考（雖然介民不大有註明年代的習慣），並且被明珠細心的編了號（第一至三十二號，但在一九三六年的第一號信之前有一封未編號的、介民用漂亮的毛筆字寫的五頁長的信，顯然寫於他倆一九三五年「定情」之後不久），但其中有兩封或許遺失也或許未編號、以及若干封既未編號也考證不出日期的零星信箋。還有另外一批未編號但日期很明確的，則是介民寄自印度和美國的海外書簡（一九四四夏至一九四六年初），也有三十封，其中有一封還是用英文寫的。真難想像明珠把這些年的舊信一直保留著，從福建求學和工作的地點，到婚後隨著介民去西安、南京，直到渡海去台灣，以及其後翻天覆地的家變……

這些信，皺摺、蟲蛀甚至破損難免，卻還是看得出七、八十年前，它們是如何被閱讀之後細心保存著。那個深情女子，如何註明收信日期（有的還加上回信日期）、編上號碼，存放在她最珍視的箱匣裡，走到天涯海角也不離不棄，直到生命的盡頭還想方設法託付給她的孩子。經過七八十年的歲月，遷徙流離，搬家抄家毀家的天災人禍，這些脆薄的、一撕即破的紙張竟然能存留下來，說得上是一樁奇蹟。

至於明珠寫給介民的信，數量應該不會更少，然而一封都沒有留下，不能說介民不珍視——介民是個心思細膩、敏感而羅曼蒂克的男人，他寫詩填詞，善於用文字抒發感情，從青年到中年一貫如此。明珠的信沒有留下，估計不是介民不留，而是九年戎馬倥傯的軍旅生活，不容許他在簡易的行囊裡攜帶著這些最珍貴的東西；有些日記信件可能交給仁民保存，後來手足永隔，當然再也無法取回。好在介民的信裡也複述了許多明珠的話——他的信並非獨白，而其實是身隔萬里的心的對話。

他倆怎會想像得到，這些信件遠渡重洋來到美國，七八十年後的今天，一個女子，他們從未見過面的媳婦，小心翼翼地攤開這些塵封的、字跡漫漶的紙張（他們自己的兒女因為不忍面對，而從未閱讀過的父母親的話語），懷著複雜的心情——面對真相的欣喜與興奮、面

介民給明珠的信。

對一段時空遙遠卻又是血肉相連的歷史的沉重、面對兩個從未交會但卻在我的生命中占有無比重要一席的人的悲傷，以及一絲窺探別人私信的好奇和愧疚……，我小心翼翼地撫平、黏補那些泛黃皺裂的信箋，從內容估計書寫的年份和地點，依次排序，然後展讀這些一筆一畫寫下的文字。

第三章　山路

自從民國二十年（一九三一）日本關東軍部隊發動「九一八」事變侵犯中國領土，直至一九四五年八月投降前夕，日軍地面部隊先後侵占中國二十一省、五院轄市、行政區和特別區各一，全中國城市近半淪陷；而淪陷區遭受姦殺擄掠，如人間地獄。一九三七年「七七」抗戰開始之後，眼見日軍從江蘇往安徽、浙江節節推進，福建自會感到國破家亡的命運已是迫在眉睫。

日軍對福建省的侵略，則是沿用十六世紀「倭寇」的海上路線：一九三七年九月，日本海軍驅逐艦羽風號、若竹號侵入廈門海面，被海岸砲台擊退。十月，日本海軍陸戰隊登陸金門島，占領金門縣城。次年五月，日本海軍陸戰隊終於攻陷廈門。福建省府於一九三八年移駐閩西永安。一九四一年四月，日軍在連江、長樂、福清等縣沿海登陸，占領各縣城，廿二日攻陷福州，當年九月撤出；一九四四年十月，從連江上陸，再度占領福州。福建省轄六十二縣中，有十五個縣城與廈門市先後淪陷。

在福建家鄉，醫學院學生姚明珠，以不同於介民的投身軍伍的另一種方式，做出同樣是抗戰救國的行動。

一九三四到一九三五年間，福建省許多地方流行鼠疫，導致大量的死亡；政府在做防疫工作的同時，也決定創辦一所高等醫學專科學校。民國廿六年、西元一九三七年，福建省立醫學專科學校正式成立，專科五年、本科六年；特聘生理學家、醫學教育家侯宗濂博士擔任校長。一九三七年暑期開始招收第一班學生四十名，九月廿日開學。明珠就是其中一名。

學校初建之際設備不足，與福建省立醫院合署，以便學生臨床實習，並借用省立科學館作為教室和宿舍。一九三八年，因福州戰局緊張，恐怕即將淪陷，福建省政府內遷永安，福建醫學院則由福州搬遷到內地沙縣，更名為「福建省立醫學院」，繼續辦學。校址設在沙縣城內東岳廟和關帝廟。那時從福州到沙縣一路要乘船坐車，中間還得在南平過夜，大約要一天半的時間才能到。（今天乘車只需兩個半小時，高鐵五十分鐘。）

當時沙縣的抗日氣氛很濃，除了在校的學生，還有從延安來的抗日宣傳隊、西南聯大的巡迴宣傳隊，來演話劇、作宣傳。暑假，明珠隨同學校組織的「抗日戰地工作（服務）隊」（抗敵後援會），到閩南各縣下鄉從事抗日宣傳工作，製作、張貼標語，發表演講，表演話劇、歌詠等等當時最受歡迎的愛國宣傳活動。

福醫成立初期借用福建省立科學館。（福建醫科大學提供。）

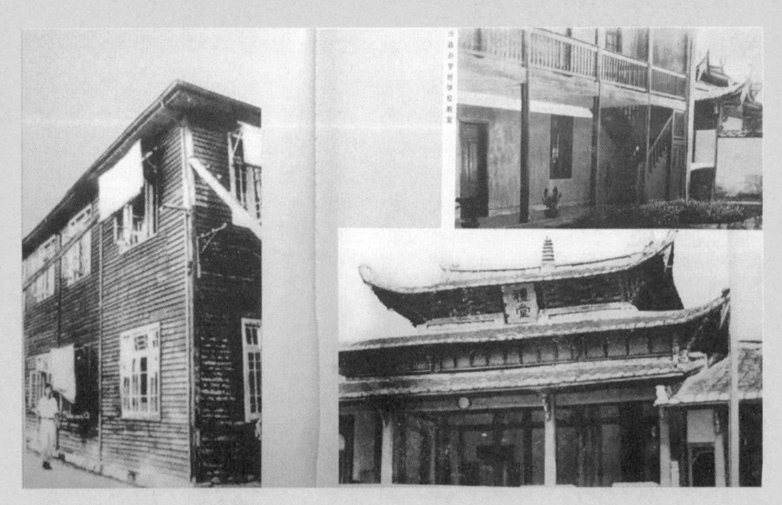

遷到沙縣的福醫教室。（福建醫科大學提供。）

福建省抗敵後援會公函

宣字第　號

主任委員 陳肇英

「福建省抗敵後援會」公函。

明珠於戰地工作隊，一九三八。

在我們足跡布滿的時間空、
閭里，都充滿我們奔騰的
熱情和声浪！

明于战地工作队
在[illegible]南公園
一九三八，八，十四

福醫第一屆生理學會會員與校長侯宗濂（前排中）合影。前排左四為姚明珠。（福建醫科大學提供。）

與明珠同在一九三七年考進福醫第一屆的孫坤榕，後來成了仁民的妻子。孫是福州人，與明珠在福醫同班，後來卻轉學到廈門大學化學系讀到畢業；仁民則是從護校畢業做了三年護士之後，在一九三九年如願考上福醫（第四屆），五年後畢業。一九四四年九月仁民與孫坤榕在仙遊結婚。仁民介民兄弟感情親密，兩人的未婚妻又是同學，本來約定兩對同時結婚；然而介民身在行伍，幾年來連明珠的面都見不到，還隨時可能奉派出國，以致遲遲無法成家；連雙生哥哥的婚禮也無法參加。

一九三八年，也就是介民離開家鄉、進入成都航校的同一年，醫學院二年級的學生姚明珠，在同學孫坤榕介紹下，參加了中國共產黨外圍組織「民先」——即「中華民族解放先鋒隊」。當時孫坤榕到閩南、莆仙一帶進行抗日救亡宣傳，回沙縣不久就介紹明珠參加「民先」，同時參加的還有另外三位同班的男生：莊子長、莊勁、林建神。孫坤榕是之前由南平地下黨組織陳介生介紹加入的。孫離開福醫去廈門後，由陳介生直接跟他們聯繫組織關係。「民先」後來轉入了中共地下黨。

明珠和隊友們在莆田、仙遊一帶參加「抗日救亡宣傳隊」，宣傳工作做得很出色。但宣傳隊是屬於國民黨福建省黨部的，黨部怕這些進步的學生裡有共產黨學生，過幾個月就把宣傳隊解散了。不過福建醫學院保存著一封公函，是「福建省抗敵後援會」回覆福建醫學院的查詢——福醫致函詢問十三名學生（其中有林建神、莊子長、莊勁、姚明珠、孫坤榕等）參加「抗敵後援會」活動的情況：「工作成績、個人行動及思想」狀況如何？後援會主任委員具名答覆：「查該員等十三人自入隊以來，餐風宿露，尚著辛勤，工作進行，頗具成績，行動方面亦能遵守團體紀律，恪奉隊部指導。」

明珠在一張舊照片背後的題字，依稀重現了那個激情動人的年代：「在我們足跡布滿的時間空間裡，都充滿我們奔騰的熱情和聲浪！明於戰地工作隊　在仙遊南公園　一九三八，八，十四」。

介民在給明珠的一封信裡提到：有一次他對明珠說起莫泊桑（Guy de Maupassant）的小說《項鍊》（*La Parure*），以為她未曾讀過，便將這個反映十九世紀法國惡質的資本主義，造成不公與虛浮的社會現象的故事說給她聽。沒想到明珠告訴他：她不僅讀過這篇小說，而且早在中學時就已經演出過改編的話劇了。可見明珠對學生的演出活動是有經驗而且積極參與的。

不僅只是抗日愛國活動，明珠在學校裡對本科的學習活動也很積極活躍，一九三九年底參與「生理學會」的成立，擔任福醫第一屆「生理學會」會員、副常務幹事；一九四〇年二月出版了《生理學會期刊》創刊號。福醫保存了「生理學會」成立時的紀念照片（日期是一九三九年十一月廿八日），前排正中站著溫文儒雅的侯宗濂校長，旁邊就是穿著樸實的布質長旗袍的姚明珠，高䠷纖細，端莊秀麗。

雖然明珠給介民的信沒有留下，但介民的日記裡常會提到明珠來信的一些內容。比方在當時嚴重缺乏資源的學習條件下，醫學院的學生是如何進行「大體解剖」的呢？我記得家族中一位醫師長輩回憶：抗戰年代作為醫學院學生，他們到郊外的亂葬崗去，見到無主屍體就坐下來對照教科書學習，年紀輕加上旺盛的求知慾，竟也不感到害怕。而明珠告訴介民的，正是類似的經驗：「解剖學，開始去偷骨頭開棺，明妹她膽大代表女同學舉行『開棺式』。……」同時明珠也仍然積極從事抗日的劇運活動：「十二月廿日 接明珠兩信，十一，十九平信，她們於百忙中仍努力幹劇運，她擔任主任，角色別人不敢做的她當了，『我現在已不認自己是位女子，無論什麼事，只要有利抗戰，我都願意幹！』」

明珠參加的「抗日救亡宣傳隊」雖然被解散，抗日救亡活動還是要進行的。滿懷愛國熱情的學生，正如寫成於一九三五年的〈義勇軍進行曲〉中所說：「中華民族到了最危險的時候，每個人被迫著發出最後的吼聲！」然而當時無論是校方還是政府單位，對學生的愛國行動都並不支持，甚至是懷疑、打壓，讓學生質疑國民政府抗日的誠意，進而將希望寄託在一股新的力量：共產黨。

一九四〇年春天，明珠經同學莊子長吸收，在沙縣參加「青年抗日（救國圖強）讀書會」。初夏，福建省立醫學院成立了第一個共黨支部，孟琇焘擔任中共福建醫學院地下黨支部書記。六月，姚明珠就加入了中國共產黨，並成為福建醫學院第一位女性黨支部支委，擔任婦女委員。八名支部成員中包括介民的哥哥薛仁民——姚明珠是仁民的入黨介紹人。

明珠一九四〇年給介民慷慨激昂的新年祝詞，道出了她當時的心情：「我願意在這裡給你寄詩，歌頌你剛毅果決的精神！可惜我寫不出美辭，只有把我的心整個獻在你面前，在裡面有頌讚的美歌！……當你高飛在空中時，希望你低首向社會的每角落細察，其中充滿有寶貴的教訓和勉勵！記著，那時你應該把偉大的愛普遍地播散給大眾！謹祝你在這偉大的年頭，成就報國的技術！」

介民在給明珠的回信中回憶五年前的那個甜蜜的情定之夜，同時激勵自己，盼望著一年之後可以開著最新式的戰鬥機升空，更盼望著兩人將來「光榮偉大的相會」。他以此自我期許，卻可能並不知道，明珠已經走上了更遠的一步……

之後的兩年，沒有信件留存下來。因為，明珠和三名同學上武夷山，據說是要投身革命，卻在到達目的地之前就被捕了，監禁了一年多，才回到福醫繼續學業。那一年多裡究竟發生了什麼事，卻是要等到許多年之後，才漸漸清晰。

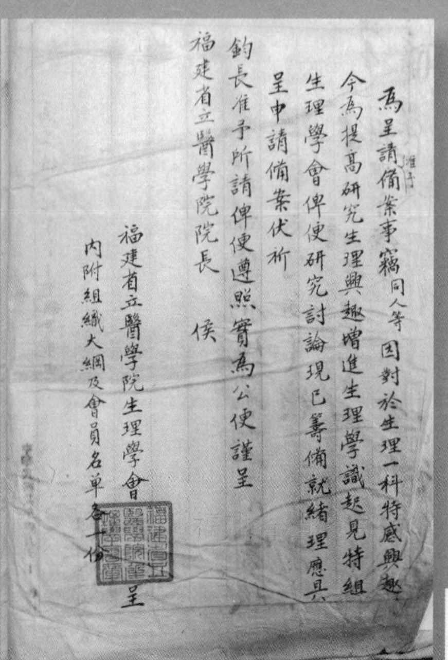
為呈請備案事竊同人等因對於生理一科特感興趣
今為提高研究生理興趣增進生理學識起見特組
生理學會俾便研究討論現已籌備就緒理應具
呈申請備案伏祈
鈞長准予所請俾便遵照實為公便謹呈
福建省立醫學院院長 侯
福建省立醫學院生理學會 呈
內附組織大綱及會員名單各一份

生理學會申請函。

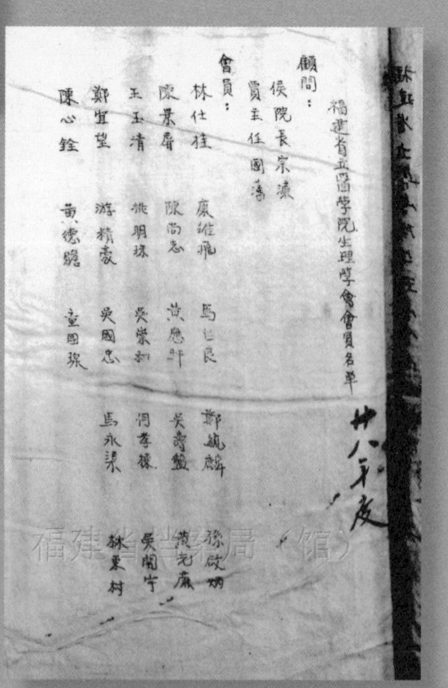
福建省立醫學院生理學會會員名單
顧問：
侯院長宗濂
賈主任國藩
會員：
林仕桂 陳景厝 王玉清 鄭宜望 陳心銓
康維飛 陳尚志 姚明琛 游精豪 黃德聰
馬仁良 黃應軒 吳崇和 吳國忠 童國琛
鄭毓麟 吳壽盤 潤孝様 馬永渠
孫啟炳 黃光康 吳闡寧 林秉村
卅八年度

福醫生理學會第一屆會員名單。

生理學會第一屆職員名錄

正常務幹事：	王玉清
副常務幹事：	姚明珠
研究組：	黃德瞻
總務兼會計：	董國璟
文書：	馬永渠
保管兼庶務：	康雄飛
出版組：	吳闓宇

福醫生理學會第一屆職員名單。（福建醫科大學提供。）

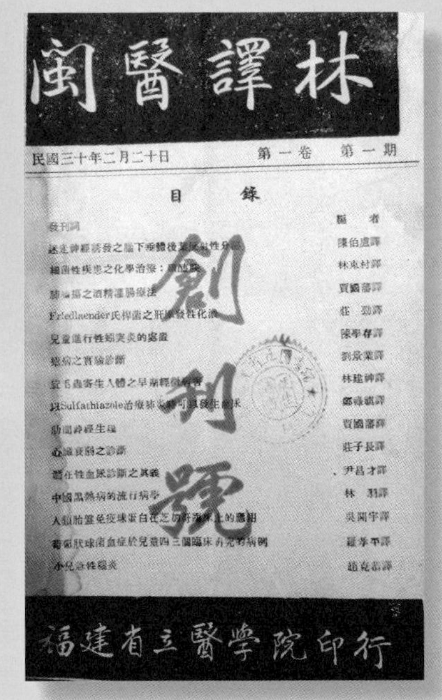

閩醫譯林

民國三十年二月二十日　第一卷　第一期

創刊號

目　錄

	編者
發刊詞	
迷走神經誘發之腦下垂體後葉[illegible]性分[illegible]	陳伯虞譯
細菌性疾患之化學治療：[illegible]	林東村譯
[illegible]之酒精灌腸療法	賈國藩譯
Friedlaender氏桿菌之肝[illegible]發性化[illegible]	莊　勁譯
兒童進行性鼻竇炎的處置	陳學存譯
[illegible]病之實驗診斷	劉景業譯
[illegible]毛蟲寄生人體之早期輕[illegible]	林建神譯
以Sulfathiazole治療[illegible]可[illegible]發生[illegible]	鄭祿祺譯
肋間神經生理	賈國藩譯
心臟衰弱之診斷	莊子長譯
潛在性血尿診斷之意義	尹昌才譯
中國黑熱病的流行病學	林　羽譯
人類胎盤免疫球蛋白在[illegible]上的應用	吳闓宇譯
[illegible]狀球菌血症於兒童四三個臨床研究的病例	羅孝平譯
小兒急性腸炎	趙克恭譯

福建省立醫學院印行

《閩醫譯林》創刊號，林建神、莊勁、莊子長都有譯文發表。

孫坤榕收藏一張明珠的照片，很小的三乘四．五公分的黑白半身照，明珠穿著樸素的旗袍，半側著身望著遠方；毫不引人注目的照片，背後的題詞卻非常不同於一般：「坤榕：我寧願跟真理做個小鬼，而不願跟虛偽攜手，做個安琪兒！明留言。一九四一，一，六」

如此激越的小照題詞，何以致之？看那日期，要很久之後才真相大白——那之後沒有多少天，明珠便離家出走，奔赴武夷山了。而「明留言」——「留言」二字，正是向好友／同志／未來的妯娌，預告她將要追隨真理離去！坤榕保存這張照片，直到六十年之後，才由她的兒子交給了明珠的兒子。

明珠藉口去永安找弟弟，帶了一只小提箱，與林建神、莊勁、莊子長會合之後出發，中途在建甌小旅店過夜，然後乘車到崇安（即今天的武夷山市）；一行人卻在崇安縣城門口遭國軍截獲被捕，押送三元鎮梅列訓導營（國民黨的「福建戰時青年訓導營」，梅列區今屬福建三明市）。在梅列訓導營感訓一年之後，四人被迫登報「自新」，由校長出面作保，才被釋放。期間曾遭殘酷的刑求。

才二十出頭的醫學院學生姚明珠，會收拾一只小提箱，藉口去八十公里外的永安探望弟弟，卻義無反顧地去了兩百多公里外的武夷山，據說是去投奔「黨」的根據地。她可知道她是走上了一條不回歸之路——學業、家人，還有介民，都在身後，可能很久都無法再見，直

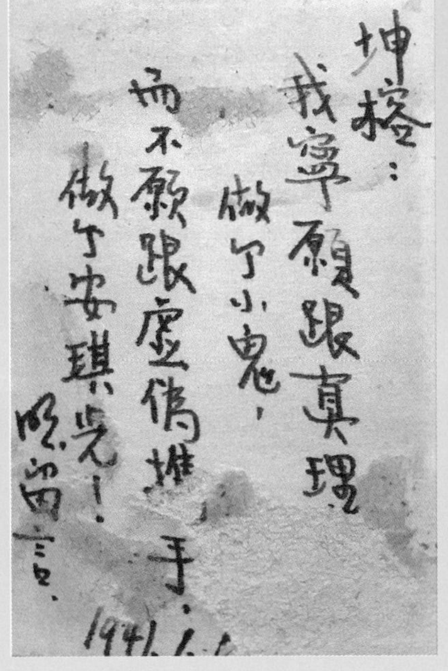

坤榕：
我寧願跟真理
做个小鬼，
而不願跟虛偽握手，
做个安琪兒！
明留言。
1941.1.6

明珠一九四一年一月六日照片留言。

到她相信的那個光榮勝利的日子來到；但也可能永遠、永遠都無法再見？那是一條旁人看起來充滿不可知的艱險山路，而明珠帶著一只小提箱就去了。

那只小提箱裡面裝了些什麼？要是在今天，一個二十來歲的女子出遠門，去一處從未曾到過的荒山野嶺，不知要去多久也不知何時回來，她的隨身行囊裡會有多少東西，又會是些什麼樣的東西？可能兩只大拖箱都遠遠不夠吧？而她，就是一只小提箱，裡面能容納的寥寥無幾。年輕的她，已經學會捨離身外之物，為著尋求世間更珍貴的東西。至於其他那些難捨的，像親情、愛情、思念、記憶，都打包珍藏在她的心裡面了吧。

明珠那段心路，我是在許多年後才看到的福醫同學的回憶中，方才驚鴻一瞥般捕捉到幾個片段。而被捕後審訊的過程，也是許多年後在早已作古的林建神的回憶中讀到，卻也沒有細節資料。但是明珠的兒子有模糊的印象，好像是聽到母親的同鄉長輩說起：當時對這名年輕的女學生，獄方還是動用了酷刑，包括灌辣椒水。

次年（一九四二年）二月或三月，福醫校長侯宗濂在費盡心力與官方斡旋之後，才得以保釋明珠和同學出獄；出獄條件是登報「自新」，並在「脫離中共宣言」上簽名。這是威逼下別無選擇的權宜之計，幾名學生都沒有再做無謂的反抗。之後他們便回到福醫繼續求學。

明珠從一九三七年秋天入學，中間一九四一年初到一九四二年初整整一年加一兩個月關

畢業證書

學生姚明珠係福建省莆田縣人
現年貳拾捌歲在本院修業期滿
成績及格准予畢業依照學位授
予法第三條之規定授予醫學士
學位此證

福建省立醫學院院長黃[illegible]亞

中華民國叁拾叁年 月 日

徵調服務期滿

姚明珠的畢業證書。

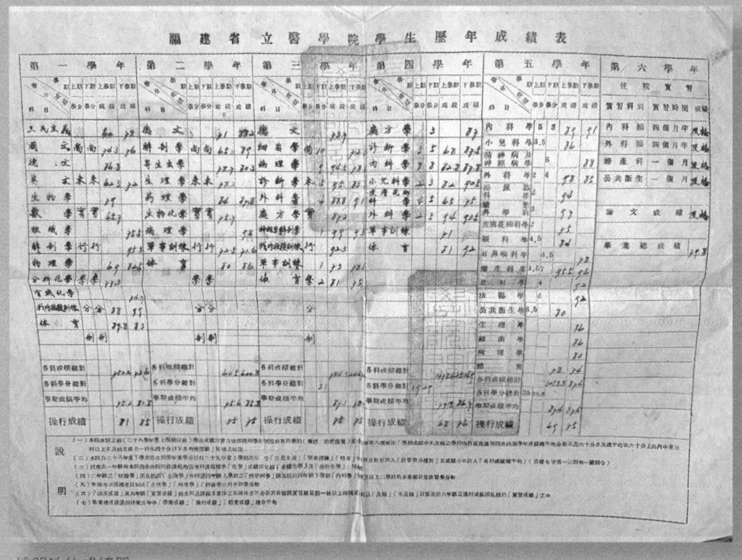

福建省立醫學院學生歷年成績表

姚明珠的成績單。

在牢獄裡，身心劇創，但她還是立即回校復學，一九四四年與第三屆一道畢業。明珠保存了一張福醫的成績單，上面顯示五個學年加上「住院實習」的第六學年裡，所有她修過的課程、學分和成績。細看明珠的成績單會發現：她的學科成績都不錯，平均分數多半在八十幾甚至有近九十的，但「操行」成績從第二學年就退步到只有七十幾，甚至有連七十都不到的。雖然如此，校方還是讓一個坐過牢的共黨學生回校繼續學業直到畢業，不能不歸功於侯宗濂校長的開明進步。

介民給明珠的信，從一九三八年介民投考航校開始，一直到出國去印度、美國，都沒有中斷過。但明珠保留介民在國內寫的三十幾封，和寄自國外的近三十封信，其中從一九四〇年五月到一九四二年六月是空白的。雖然編號沒有中斷，但時間有一個大斷層。何以中斷？介民都在航校，沒有理由長時間不寫信；當然是因為明珠無法收信。所以我特別注意中斷之後的第一封信的內容。

這封被明珠特別用少見的紅色筆標明日期（一九四二，六，十九）、編號「十二」、寄自新津機場的信，估計應該很長，因為寫在足有兩頁大的二十行公文紙上，卻只有一張，而這一張信既無上款也無下款，很明顯前後的信箋都遺失了；也有可能其中有些涉及敏感事件的話，明珠便沒有留下。從這個日期推算，之前明珠給介民的信是出獄後回到學校、從學校寄出的，因提到「下月底可以在家中」，可見不久即是暑假，可以回家了。

明珠這一年多出生入死的遭遇，介民知道多少？從這封信看來，介民是知道大略情況的，但非細節——到底，這樣的事在當時怎敢寫在信裡，何況是寄到軍校去的信？介民知道明珠這時身體很不好，需要打針吃藥（一年多的牢獄生活，對一個女子會是多大的摧殘！），可是付不起針藥的費用，介民非常焦急，要她務必愛惜身體，先設法「墊錢」（其實就是借錢的意思）買針藥，他會寄錢回家——介民知道明珠好強，不肯收他的錢，總要說上一番「都是自家人」這樣的話來說服她。

介民質疑為什麼他的信都要孫坤榕轉？「因你『病』後哥坤來信都說信由他們轉好。你們學校檢查情信？以後都直接寄給你好不好？」介民在這裡把「病」字特別用了引號，表示不是指身體的病而是另有所指，那就是崇安事件和其後的牢獄一年了，可見他是知情的。但是否知道事情的嚴重和明珠承受的衝擊呢？可能未必，因為他質疑為何情書要由仁民坤榕轉交，而不直接寄到學校給她？這就未免天真了，介民如果知道事情的嚴重性，就應該會明白明珠一定還在被嚴密監視之下的。

在那封信裡，介民更關切的，似乎還是明珠對他的感情。他可能沒有理解到「崇安事件」帶給明珠的衝擊與鍛鍊——明珠經過這樣一次有如從戰場負傷歸來的出生入死的經驗，

員生名錄

第三屆（民國三十三年七月）

姓名	性別	籍貫	通訊處
鄒學生	男	福建林森	本院
蔣瑜光	男	福建林森	南通第一綏靖區司令部檢診所
郭樹德	男	福建龍溪	廈門鼓浪嶼救世醫院
林耀光	男	福建林森	上海江灣公園坊三十號
鄔晉燊	男	福建林森	南京市立醫院內結核病防治院
高辰中	男	福建長樂	本院
林振群	男	福建林森	杭州中山路一四七號太平藥房
莊德新	男	福建惠安	台灣台北省政府醫務所
陳滕三	男	福建林森	馬江衛教醫院
張鎮德	男	福建仙遊	上海仁濟醫院
黃文淵	男	福建莆田	晉江東南鼠疫防治處東南臨時辦事處
侯光華	男	福建仙遊	仙遊城內隍倉巷十八號
陳永忠	男	福建古田	南平衛理醫院
葉大銘	男	福建林森	南京湯山陸軍醫院
羅孝平	女	福建林森	福州協和醫院
陳啓光	男	福建連江	南京湯山陸軍總醫院
陳以仁	男	福建永春	廈門省立廈門醫院
郭淑賢	女	福建龍溪	
丁鉞	男	上海市	杭州市立傳染病院
葉孝禮	男	福建建甌	福州省立福州醫院
金志純	男	浙江瑞安	本院
陳石屏	男	福建林森	林森縣鱔當鄉中街
陳伯嵐	男	福建林森	台灣台北熱帶病研究所
鄭澄柔	男	福建永春	南平衛理醫院
林蔚澄	男	福建連江	林森縣鎮頭鄉橋仔裡
莊勁	男	福建晉江	本市傳染病院
林建神	男	福建古田	南京空軍第四醫院
莊子長	男	福建晉江	馬尾聖教醫院
姚明珠	女	福建莆田	

第四屆（民國三十四年七月）

姓名	性別	籍貫	通訊處
丁玉卿	男	福建晉江	台灣高雄大港埔陸軍醫院
許鴻志	男	福建林森	上海空軍地勤大隊第六大隊
林玉麟	男	福建林森	本院
趙希滔	女	福建林森	福州省立高級助產護士學校
林光潤	女	福建古田	江蘇省立淮陰醫院
林守銓	男	福建莆田	
林啓瑞	男	福建林森	福州東南鼠疫防治處
李金英	女	福建莆田	四川成都鐵門坎第一空軍醫院
陳寶之	男	福建林森	漢口一四二號信箱
王東驥	男	福建龍溪	福州省立福州醫院
鄒芸	女	福建長汀	福州烏山路助產學校
劉淑嫦	女	福建惠安	廈門省立廈門醫院
蔣作楨	男	浙江寧化	
林丕鉦	男	福建晉江	台灣紅十字醫院
吳瓊珠	女	福建莆田	上海空軍第六醫院
陳素瓊	女	福建仙遊	台灣台北東門町二條通一九一番地
余沭水	男	福建永春	台灣台北紅十字會醫院
周淑安	女	福建永春	本院
吳瑞清	女	福建南安	
鄭馨保	男	福建長樂	上海市海軍江南造船所醫院
王祖鑫	男	福建仙遊	上海郵政信箱四〇二號
蔣仁民	男	福建仙遊	仙遊私立協和醫院
吳則賢	男	福建南安	台灣台北和平東路省立師範學院
陳紫南	男	福建龍溪	台灣紅十字醫院
鄭惠卿	女	廣東潮安	汕頭高級助產學校
陳佳楨	男	福建莆田	四川成都鐵門坎第一空軍醫院
蔣瑞珍	女	浙江紹興	浙江紹興城中三才殿前22號潘家銘轉
黃肇宇	男	福建長汀	長汀縣中正路長生藥房

第五屆（民國三十五年七月）

姓名	性別	籍貫	通訊處
李德洪	男	浙江嘉善	福州協和醫院
戴壽南	男	江蘇吳江	上海二四二四號信箱

一八　一九

福醫畢業生名單。明珠是第三屆最後一名。她的前面就是林建神和二莊。

「中斷」了兩年兩個月之後，編號「十二」、介民寫於一九四二年六月十九日的信。

即使不是浴火重生脫胎換骨，也必有更高更遠的懷抱了。從介民回應明珠的信中引用她的字句來看，她一定對介民明示或暗示他是「自由」的，她不想「勉強」他（其實就是拖累他）；但介民似乎並沒有完全理解她幽微曲折的心思。而從介民一再表白的話語推測，明珠可能顯出對兩人婚事的猶豫，如「我不想勉強你」——當然是因為怕「崇安事件」將來影響介民的前程；而介民完全沒有這方面的顧慮，只是一再表白他的心跡、對她那份時空都無法銷蝕的愛情。

明珠似乎是被感動說服了，因而在其後的信裡，介民開始計畫明珠將來畢業之後，來四川相聚的美麗遠景。然而，明珠後來還是告訴介民：她決定畢業後要留在福建行醫；而介民也即將去到更遠的地方，去執行他作為軍人的任務……

在那個大時代裡，兩個相愛的人暫時放下了相聚的願景，絕非他們愛的不夠，而正是因為他們的愛太大，大到超越了彼此。

第四章　天涯

一九四一年十二月珍珠港事變之後，美國介入了太平洋地區的對日作戰，同時與中國及在印緬地區的英國軍隊共同組成了中印緬戰區作戰指揮部，經由滇緬公路及中印間的駝峰①空運路線對中國部隊提供補給；同時積極培養中國空軍的戰力。首先是把原以「志願隊」參加中國抗戰的飛虎隊擴編成為「第十四航空隊」，負責整個中印緬戰區的空中作戰；接著，美國把新式的戰鬥機運往印度，再把中國空軍戰鬥機飛行員送往印度基地，接受對新型戰機的訓練，完訓後駕機返國，投入戰場。在此同時，中國空軍官校招收的新生，也都先送往印度接受初級訓練，然後送往美國本土的各級訓練學校，進行進一步的制式訓練，完成後回國投入抗戰。介民就是在這樣的歷史背景下奉派出國的。

一九四四年六月四日，介民隨十一大隊（隊長吳聲浦）出國，赴印度接收美國盟友飛機，路線是由成都—重慶—昆明—（飛越喜馬拉雅山「駝峰」）—汀江—加爾各答—拉合爾—到達卡拉奇（Karachi，當時屬於印度，一九四七年巴基斯坦獨立之後，才成為巴基斯坦第一個首都）。介民當時已完成晉升軍官考試，以少尉身分出國，在印度西北濱阿拉伯

介民（後排右一）在照片背後題字：「一九四四，十二，印度，卡拉齊，士校第二期同學們。」

海、現在是巴基斯坦國土的境內受訓兩個月。（有當年十二月與士校第二期同學的合影。）在沙漠訓練時，隊上同學陳國祥失事犧牲，介民非常傷心。（見介民給仁民信。）

那年夏天，介民用「海燕」的筆名寫了一首題為〈卡拉溪，沙漠的雨〉的詩，給分離了開始第七個年頭的明珠，伴隨一封充滿思念之情的信：

像是盼望我七個春天的人兒，／忽然從祖國的天邊奔來，
黃沙漠的雨呀！／盡情地傾訴著，／卡拉溪也漾漾微波。

您一滴淚珠，／抱住一顆沙！
今天，我枯乾到發火的心，／才得了一點潤濕。

我倆七年的相思，／苦從哪裡訴說起？
您就像這沙漠的雨，／永遠不停地／滴在我的心上吧。

——一九四四，七，十三，黃昏雨中，印度西部

卡拉溪，沙漠的雨

像是盼望我七個春天的人兒，
忽然從祖國的天邊奔來，
黃沙漠的雨呀！
輕輕地傾訴着，
卡拉溪之淙淙緩波。

為一滴淚珠，
抱住一顆沙！
今天，我枯乾到熒火的心，
才得了一次潤濕。

我們七年的相思，
先從那裏訴說起？
總要像這沙漠的雨，
永遠不停地
滴在我的心上吧。

一九四四，
七，十三。
黃氏栖中，
印度西部。

〈卡拉溪，沙漠的雨〉。

九月，仁民和孫坤榕在家鄉結婚了。而介民在遙遠的印度考中尉官，次年八月可升任中尉三級。他以為很快就可以完成工作，離開酷熱的沙漠回到祖國。他已替明珠和仁哥買好外科手套、注射針、溫度計等等這些輕便的醫療器材，帶回去給行醫的他們使用……

也是那年七月，明珠從福建省立醫學院畢業，獲得醫學士學位。她是第一屆入學，卻因被捕和「感訓」，成了第三屆畢業生。八月一日起，由「中央衛生署」徵調、福建省衛生處轉派，明珠去了永安福建省立第二醫院（因抗戰而由福州遷至永安）擔任助理住院醫師。

當時同在永安醫院工作的護士、後來成為介民同學朱鐵華妻子的來華女士，在九十五高齡時應明珠子女的要求，口述〈憶好友姚明珠女士〉，由她的兒子朱勇先生整理出來：

我於一九四四年夏天從護士學校畢業，分配到永安省立醫院（抗戰中從省城遷來）工作，先後在該院住院部和門診部眼科任護士，共計工作約兩年時間。在此期間有幸結識了該院婦產科醫生姚明珠女士。

剛接觸姚醫生，我感到她作為當年的高級知識分子、醫院裡為數不多的女醫生，給我的最初印象是有修養、很嚴謹，少言少語。後來隨著交往的深入，特別是在當年我們都是單身女生，都住醫院職工宿舍（醫生住單間，護士三人住一間），平時經常聚在一起、散步、聊天、彼此相互信任，無話不談，我逐漸感覺姚醫生沒有架子，平易近人。

我認為姚醫生是一個品德高尚的人，我很欽佩她，有兩件事至今仍有印象：

一是姚醫生熱心助人，同事們找她幫忙的事她總是全力以赴。記得當年我有一位中學女同學要赴南洋，臨行前，身體不適，檢查後懷疑她有身孕，她十分著急來找我，於是我帶她去找姚醫生確珍，姚醫生非常負責任，讓我們找了隻母兔，將同學的分泌物注入兔子體內，然後解剖兔子經過檢查，確診該同學沒有懷孕，成功地化解了難題。②

二是另有一個女孩，家境貧寒，不幸染上了梅毒，十分可憐，姚醫生對弱勢人群也十分關愛，對病人一視同仁，當得知女孩無錢買藥時，姚醫生想方設法，將平時治療所剩藥品收集保留，用在該女孩身上，治癒了她的病。體現了救死扶傷的人道主義精神。

在我的印象中，姚醫生還是一個很嚴謹的人，當年我所在的眼科主任是個東北人，平時經常有三三兩兩的人不是來就診，而是找主任神祕的密談，於是我將此情況告訴了姚醫生，她說：「要當心！這可能是特務活動。」

記得大約是一九四六年初夏，姚醫生將離開醫院，隨丈夫前往西安，臨行時，我去碼頭相送並且上了船，第一次見到薛介民，送別之時，大家依依不捨啊！我告訴姚醫生現在抗戰勝利了，醫院將遷回到福州，自己也被徵調入上海一家醫院工作，姚醫生親切的囑咐我：

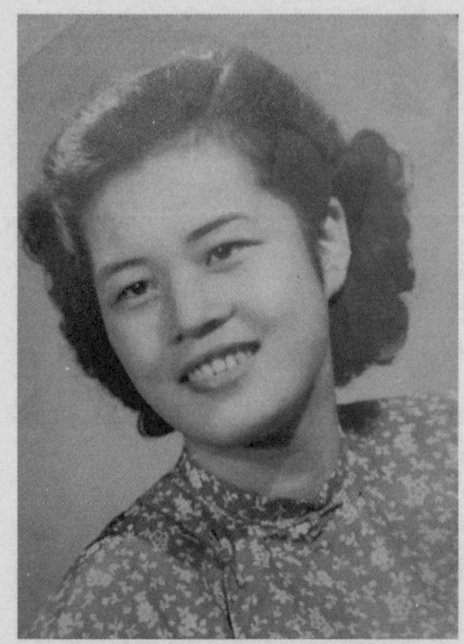

朱鐵華夫人來華女士。攝於一九四〇年。

明珠（前排中）與同事在永安，一九四四至一九四五。

「上海是個花花世界，千萬小心，注意安全！」

姚醫生去了西安，我也赴上海，相互仍有聯繫的，姚醫生依舊對我十分關心，還熱心介紹薛介民的同學、好友朱鐵華，到來上海看望我，最終促成了我和朱鐵華的美滿婚姻。

來華（口述）於二〇一八年四月十八日

一九四五年一月，美方因P-40機老舊，決定將赴印度的中國空軍送往美國本土，訓練他們飛行新型的P-51機。介民原本以為印度的任務頂多三個月，他就可以駕著新戰機飛回成都，希望那時明珠也能在成都的醫院找到工作，兩人七年苦別的日子總算快到盡頭……。沒想到在印度一待就是半年多，之後還被送去更遠的地方——介民再也不曾想過此生會去美國。

二月二日，介民隨十一大隊（隊長高品芳）由印度孟買乘美艦布拉齊福將軍號（USS General R.M Blatchforid AP-153）赴美。（介民在印度洋上「掛起」軍階，八月可升中尉三級。）經澳洲墨爾本、紐西蘭奧克蘭、夏威夷；一九四五年三月廿八日抵達美國聖地亞哥（San Diego）港，然後乘火車往東，三天後抵達德克薩斯州聖安東尼奧城（San Antonio, Texas）的ＳＡＣＣ航空入伍生訓練中心。十二週結訓後即赴亞利桑那州土桑城北邊的瑪拉

介民和他駕駛的新型P-51戰鬥機。

介民（後排左四）和十一大隊的同學們在鹿克基地。

納空軍訓練基地（Marana Field, Tucson, Arizona）接受語言及AT-6型飛機的基本訓練，飛行七十餘小時即告結業。兩個月後赴亞利桑那州鹿克空軍基地機場（Luke Field, Arizona）受訓，同年八月七日開始高級飛行訓練。

關於介民那段飛行的日子，竟然在七十年後還有一位碩果僅存的老人記得，並且生動地描述——

介民的老同學、老戰友劉邦榮先生多年之後回憶：他們一道去印度接收飛機，乘船經墨爾本、威靈頓、過太平洋直到聖地亞哥，之後乘火車經過一個什麼小城去到德州聖安東尼奧。訓練時有美國教練對劉有種族歧視，硬說他不對，要遣送他回國；薛介民英文好，幫了他，那個美國人被調走，最後他們就到了亞利桑那州鹿克機場。他發現其實他們的飛行技術並不比美國人差。劉老回國後一直教導訓練飛行人員。③

在國外將近兩年的期間，介民有多封信寄明珠，存留下來的就有三十封，其中還有一封用英文寫的。在一九四五年十一月的一封給明珠的信封上，介民計算八年（他們分離）和十年（兩人定情）各有多少天，共有多少時、分、秒……最後出來的秒數是以億計算的！

介民每十天、最多兩星期，就會給明珠和家人一封信，可是卻長久收不到明珠的回信，

介民和P-47雷電式戰機。

這令他擔心、憂慮；後來才知道，那時寄一封到美國的信要花費五、六百元，明珠不是不寫信，而是寄不起信！（當時一塊錢美金可兌換兩千零二十元中國法幣，到後來通貨膨脹失控，法幣成了廢紙。）終於，一九四六年三月十一日，他收到明珠一年多以來的第一封信。欣喜激動中，介民回首從一九四四年以來的心情：

「……回首中原會戰，一九四四夏間，我們準備去漢中之前，要用『時代落伍者』去同敵人一拚，我是終於寫那『絕』的留言，害您淚流多次，而後，沒有消息，長沙會戰，衡陽退守，我倆交通也因此中斷，苦的日子中，我開始西飛，過喜馬拉雅，到阿拉伯海濱，呀，熱，八、九個月，我簡直像再也見不到、聽不到您們似的，沒有消息來，直到一九四五正月，在孟買才收到您四月間的信，我的心呀，是多次翻滾，磨折。來美後，您一定寫信給我，但我只收到今天這封……」

可能是覺得介民遠赴異國深造、廣見世面，明珠因而自我調侃身在家鄉的自己是「鄉下佬」，介民正色對她說：

「珠，我見到『鄉下佬』三字在您信上，請別太謙虛，鄉下佬是農民，他們才是完全的人，自食其力，對國家對人類都有安慰，我們中國以農立國，鄉下佬的問題不解決，中國多幾個穿西裝的人還是無用，只有害。美國雖機器進步如此，但農事還是首要，再說當兵八、九年了，珠啊，我真想撕掉軍裝，換上草鞋，同您到西康、青海、新疆去開發。不要以為我到了美國就會怎樣，我絕不回國裝出什麼『洋相』，開口OK，閉口USA，人家好是人家的，中國有中國的生命。」

烽火戰亂中漫長的分離，隔著時間和空間難以估量的距離，何況還有許多音訊斷阻的日子，對任何一種感情都是嚴酷的考驗。從這些年的信箋中不難看出這兩個戀人辛苦行過的艱難道路：無數的叮嚀、盟約，對己、對彼的肯定與慰勉，卻也有難免的疑惑和試探，甚至出於至愛而提出的「放手」（就是介民所謂的「『絕』的留言」吧）：「不知何年才能再見，我不能耽誤妳的青春，妳應該找一個比我更好的人……」類似這樣的話語，寫的人無疑有著火灼般的痛苦，而這股火焰經過多少個日夜，到了千里之外接信人的手上依然沒有熄滅，依然灼灼燒痛著她的心。介民在印度孟買接到明珠一封淚痕斑斑的信，才深深了解到自己的「無私的愛」是如何傷了她的心！於是他也聽從了自己的真心，要求明珠「等我回來」。

在給仁民的一封六頁長、寫得密密麻麻的家書裡，介民剖心剖肺的向雙生兄弟傾訴對母親的思念、對明珠的深情；他說到這些年始終保持「清白」的單身，以至於朋友們笑他是「怪物」、「聖人」，而他心中只有明珠。人們都看他相貌年輕，他也要自己保持年輕，因為「事業才在開始，祖國需要我們青年人，我要到行不動、白髮滿頭時才老，戰後中國所需我們比現在多多，我們有世界上最良善勤勞的人民和土地。」

在一幀英挺的戎裝照片背面，介民給雙生哥哥的題詞：

「遙寄給我的雙生哥　仁民

您的介弟　自美國

一九四五，四，廿二

七個年頭的遠別久離所給仁介的是海深海闊的淚，苦，汗，血——生命!!戰爭給我們的毒害是這麼大，但是，新生的祖國比一切還要更美。」

介民在美國訂製了一對「雙生兄弟手錶」，一只刻字「Doctor Twins」，帶回國送給作為醫生的仁民；另一只刻字「Pilot Twins」，留給作為飛行員的自己。仁民一直珍藏，直到七十年後，仁民的兒子薛力出示手錶給介民的兒子，兩只手錶方才重逢。仁民的那只保存得非常好，介民的卻有幾處斷損了。物是人非，幾十年的劫難坎坷，物若有知，恐怕也會有恍如隔世之感吧！

在異國思鄉寂寥的日子裡，介民有空閒時除了寫家信，就是翻譯一些文章，寄給仁哥讓他投到報章發表，囑咐他所得的稿費要捐贈給家鄉的難民。

一九四五年八月十五日，日本宣告投降。這個期盼已久的日子終於來臨。介民知道，距離他回到自己的國土、回到家鄉、與明珠重聚的日子不遠了。那份心情，或許與杜甫的「劍外忽傳收薊北，初聞涕淚滿衣裳」相近，卻似乎並沒有「卻看妻子愁何在？漫卷詩書喜欲狂」的狂喜之情，甚至為了未能回國參戰「失去最後（與敵人）戰鬥的機會」而有些悵然（寫在停戰次日給明珠的信中）。在內心深處，他知道祖國受傷太深，「新生的祖國」還有一段漫長的療傷之路要走，而戰亂的陰影並沒有全然消失。

介民寫於一九四五年八月十六日給明珠的信，是十一月六日才託人帶回國再投郵的，到了福建永安時，信封上的郵戳日期已經是次年「一三，一，四六」了：

「懇請　順風　帶交　中國（請速投郵）

福建　仙遊　新生路　十四號

姚明珠　醫生安啟

薛介民敬託十一，六，

美國路加機場

1st Lt. Sieh Kai min 1676, Chinese Det. Luke Field, Phoenix, Arizona, USA」

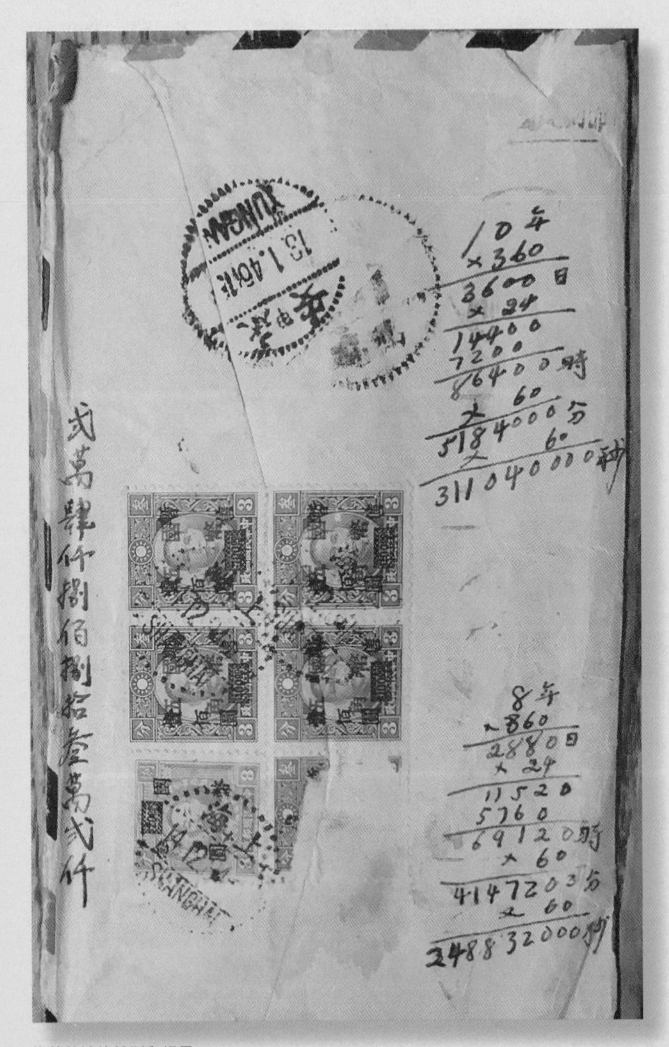
貳萬肆仟捌佰捌拾叁萬貳仟
10年
×360
3600日
×24
14400
7200
86400時
×60
5184000分
×60
311040000秒
8年
2880日
×24
11520
5760
69120時
×60
4147200分
×60
248832000秒

億萬秒計的離別和相思。

介民在鹿克的日子，一九四五。

一九四五年四月廿二日介民給仁民的戎裝照和背面題詞。

遠寄給我的雅哥，

仁民

您的介弟 白手圖，

九四五、四、廿二

一個男兒的遠別久離所給予的是海深海闊的淚，苦，汗，血——生命——!!

戰爭給我們的毒害是這么大，但是，新生的祖國比一切還要更美麗。

「十一年心愛的明珠，

珠啊……戰爭畢竟是完了，我聽到廣播的消息，進軍、國歌的聲音，想起遙遠的路程，悠長的歲月，我的心呀，充滿著淚。當我第一次聽到停戰，我先想到死去和廢殘的戰友們，第二我就想到您，見到您似的，這下，我倆該認真地見面了。我不知道您現在在哪裡，我禱求您快樂，身體健好，工作順利，進步。請替我問安各位師長，同學們。……

珠啊，八年光陰已過去，我們雖不是老了，但是年紀是不小、不小了，為了抗戰，我們丟棄了青春，光陰，幸福，我不敢想像會見您時會是什麼一種心情和表情，我的眼淚將如沙漠的暴雨。我倆八年前告別之夕沒淚，但是，我見您時將如何痛苦而喜樂和安慰！我不敢想像，我今天才對您說『給我一點蜜吧』，我的心……」

到此時，他倆終於可以開始籌畫共同的未來了。明珠有自己的事業與理想，而介民軍職在身，雖然多麼盼望兩人能儘快開始一同生活，卻並不敢期待明珠會隨他去內地——因為他尊重她的選擇。

「九月十六日　美國　親愛的明妹，……戰爭停了，但是我倆是如此遙遠地隔離著，我的心是比過去七年多任何時日更需要見您。……您是醫生，技術在手，不怕無工作，農村急需您比都市更大，您明白自己的責任！珠，到了今日，我倆訂情十一年後的今天，您沒曾對我提起『結婚』兩字，您對工作、事業的責任心比對您的愛人更大，我是了解您的，是對的。對於將來，我們當然切望中國有辦法，走上光明之道，我們更要為著勞苦人民服務，我學醫不成了，只望您努力，對於來內地，如何決定，當然，我是始終尊重您的自主，因為我永遠重視您的人格與權利。……」

在信裡他也寫：「從停戰日起，我的思鄉病日甚一日……」他對明珠的思念更甚以往，他也惦念戰後滿目瘡痍的祖國重建的艱難工程，更憂慮隨即爆發的內戰；但他欣慰明珠已經成為一名能治病救人的醫生，而自己也是一名祖國的「公務員」。然而他一再囑咐弟弟佐民不可去當兵，雖然沒有明說反對的理由，但不難推測：反日本侵略的抗戰已經結束，現在去當兵只是參加內戰殺自己人，他這個做兄長的當然激烈反對。（果然，若干年後，佐民因為他曾有的短暫「國軍」身分，開始了終其一生坎坷艱困的命運。）同時在他的內心深處，怎會沒有焦慮苦痛——倘若內戰爆發，身為空軍，是不是終究也難免要奉命朝自己深愛的同胞投擲炸彈？

民國三十五年，西元一九四六年，元旦，介民草擬與明珠的結婚啟事，寄給明珠，徵求她對內容的意見——等於向她正式求婚。

「姚明珠醫生／薛介民中尉　結婚啟事：我倆相愛逾十年，歷經長期抗戰，遠離久別

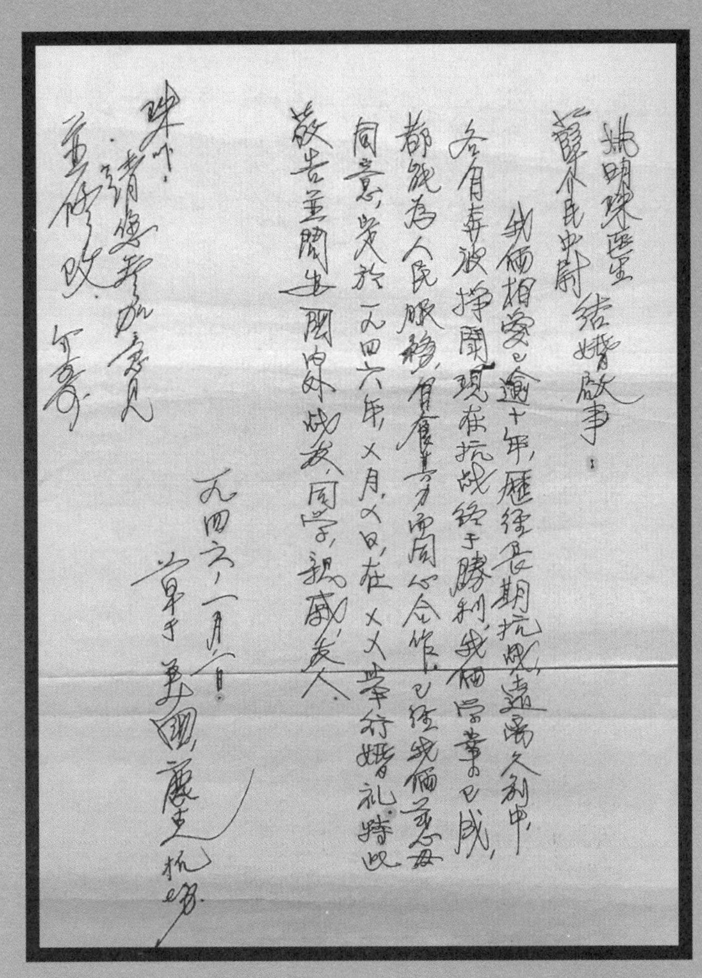

姚明珠醫生
蘇介民中尉 結婚啟事：
我倆相愛已逾十年，歷經長期抗戰，遠隔久別中，各自奔波掙鬥，現在抗戰終于勝利，我倆學業已成，都能為人民服務，且應雙方同心合作，已徵我倆父母同意，定於一九四六年，X月X日，在XX舉行婚禮，特此敬告並聞告國內外戰友，同學，親戚友人。

一九四六，一月一日。
草于美國麻省杭州。

明珠：請您參加意見並修改。
介民

介民的「結婚啟事」——最別緻的求婚信。

中，各自奔波掙鬥中。現在抗戰終於勝利，我倆學業已成，都能為人民服務，自食其力而同心合作。已經我倆慈母同意，定於一九四六年X月X日，在XX舉行婚禮。特此敬告並問安國內外戰友，同學，親戚，友人。」

漫長艱苦的抗戰勝利了，祖國總算沒有淪亡在異族鐵蹄之下。兩人期盼了八年多的「光榮偉大的相會」（介民「情書」裡的豪言壯語）終於可以實現。明珠收到這封別致的求婚信，想必是再也沒有絲毫遲疑和保留的答應了。

一九四六年四月，介民完成了在美國的「四大階段」受訓，從45G班結業。本來年初甚至更早就可以結業的，但由於大戰結束，美國軍人退伍的太快太多，飛行訓練營的機械士突然短缺，嚴重影響到飛機和飛行員的實習進度。介民終於按照訓練規定飛行了九十六小時，也完成了驅逐機P-51D的飛行和夜航實習，制服上有了中美兩國的「飛鷹」標誌。他們一班由西雅圖上船返國，回西安的十一大隊服務。

介民回國前給明珠信中提到：在美受訓畢業後，學校因為他的表現和英文程度，要他留下當教官，教以後來受訓的中國學生。但他寧可放棄這難得的令人稱羨的機會，要按照原先的計畫回國結婚。祖國，家鄉，和明珠，這三位一體在他心中的分量，超過世間一切榮華珍寶——

照片題字：「一九四六，二，八，於美國，鹿克機場。（民卅五年正月初八日，仁介雙生日紀念。）」

兄弟手鍊：左pilot（飛行員），右doctor（醫生）。

「三月廿二日，早上

親愛的明妹：

……兩週前，美國負責人找我去面談，多說許多好處，徵求我同意？他要我留在美國當教官，當以後中國學生的，因為我的英文比較方便些，珠，正如您想再上學的心志一樣，我也得再學習，因為學無止境！也可教別人。不過，我想，來空軍為打戰，既然把青春送給抗戰這麼久了（第九年又開始了），沒死，有條命，我該歸去您身邊休息，因為我已不只一萬次想起，我再不能沒有您了，您也再不能延誤，等待我了！航空已是新時代的對象，征服自然已是人類必走的大路，我本非航空夢遊人，但既已多年在天空，改途已不可能，只有再流汗，給老百姓以一些報答，像孝敬父母『養育之恩』。但是，我回答美方當局，我是個老兵了，不能不回家看一次，『As soon as possible』！他很同情我，因我婉言謝絕了。」

在給哥哥仁民的長信裡，介民深情地寫出他對手足和故土的思念：「七年了！人生還有幾個七年？（我說這話絕非表示自己已老了）我常常想到，死是一件最簡直的事，荒蕪了我的青春，比死更可怕，世界這麼大，我所學所知的是滄海一粟。戰爭給我倆的毒害是這樣深大，到今天我才看到。哥，我不願聽到我倆再見後又要分手，但是，事實上仁介必再分

介民寄贈仁民的戎裝照。

飛，我知道此行飛完回祖國，正是真真爭取最後勝利的時日，我要回老家，也要飛到我所未到的北方，東北，我們最親愛的土地，人民。我的汗當然在流，我的血也是一樣有用，想到抗戰八年，想到家人，師友，祖國的盼望（我是用民膏民脂養大翅膀的），我還是不顧一切，飛去爭取最後勝利。」

同時他也感嘆：中國起碼落後於美國一百年！「我們該（跟美國）學的太多，教育，工業，心理，禮貌……。」然而他還是毫無猶豫的「回家」了。從五光十色的富裕美國回到戰後滿目瘡痍的殘破的祖國，介民行囊中帶給明珠的是醫療器材、醫學書籍，唯一的「奢侈品」是一只有秒針的手錶，因為醫生看診有此需要。（當然還有一枚心形婚戒——細心的介民不忘也替雙生哥哥買了同樣的一枚，讓他送給嫂子孫坤榕。）明珠說她不要胭脂口紅，卻異想天開的希望能有一個專治難產的「難產箱」！介民當然知道她在說笑，親暱地喚她「傻子」。

在回國前給明珠的最後一封信裡，介民想像未來成家後美好的畫面：「回國後，我願意當教官，您出門看病，我每天背著飛行衣，同您提手提包一齊走回家裡去，開晚飯，聽音樂……」有了歸期，有了再見的期盼，這對苦命情侶的書信，總算不再是淚痕斑斑，而出現了輕快甜蜜的話語。然而那樣樸素的小家庭溫馨畫面，在後來內戰的烽火中，竟也是一份奢侈。

在那個沒有電話沒有電郵沒有微信視頻，只能依靠毫不可靠的郵寄信件溝通的年代，從一九三八年四月到一九四六年五月，八年零一個月之後，歷盡苦難艱辛的抗戰歲月之後，介民和明珠終於團圓了！

【注釋】

① 駝峰：抗日戰爭期間，日軍在一九四二年五月切斷滇緬公路——這條戰時中國最後一條陸上交通線，中美兩國被迫在印度東北部的阿薩姆邦和中國雲南昆明之間開闢了一條轉運戰略物資的空中通道，這條空中通道就叫「駝峰航線」，英文為「The Hump」。航線飛越被視為空中禁區的喜馬拉雅山脈，因受山峰高度及當時螺旋槳飛機的性能限制，飛機只能緊貼山峰飛行，因而飛行軌跡高低起伏狀似駝峰，故此得名。「駝峰航線」是世界航空史和軍事史上最為艱險的一條運輸線，因惡劣的地形和氣候條件，又被稱為「死亡航線」。這條航線經過的地區都是海拔四五〇〇到五五〇〇米左右的高峰，最高海拔在七〇〇〇米以上。由於當年的飛機設施落後，機上沒有加壓裝置，飛機在異常高空飛行，機員需要有極大的耐力。飛越駝峰對於盟軍飛行人員而言是近乎自殺式的航程：航線跨越喜馬拉雅山脈，穿行於緬甸北部與中國西部之間的崇山峻嶺之間，

頻繁遭遇強亂流、強風、結冰、設備老化……等足以致命的狀況。在駝峰死亡的人數總計超過一千五百人。駝峰航線開通後，即成為中國戰場國際援助的「生命之路」，這一空中橋梁的空運行動一直持續到抗戰結束，是二戰中持續時間最長的大規模空中運輸。

②這就是後來有名的「兔子測孕法」（Rabbit Test）。明珠早在一九四〇年代，剛從醫學院畢業，在極有限的條件下，就知道用這個方法測孕。原理是將人的尿打進兔子身體，如果是孕婦的尿，其中胎盤分泌的激素「絨毛促性腺素」就會刺激兔子排卵；以此來斷定尿液來自的人是否懷孕了。明珠的生物醫學家兒子，在七十年後發現了一個胎盤激素「胎盤增醣素」，可以診斷妊娠糖尿病。明珠若是天上有知，想必非常欣慰。世間的事，有時要很久之後才理解冥冥中竟自有安排。

③二〇一三年八月，介民的老同學、老戰友劉邦榮，在成都見到故人的兒子和媳婦。高齡已九十三的老人，激動可想而知。劉老由他兒子陪同，嗓門很大話很多，生動地描述當年與介民一同在空中殲敵：他的飛機暴露在敵機射程，薛介民的飛機過來掩護他，救了他一命。他說薛介民打下四架半飛機，他打下兩架半。何以半架？他說有一架敵機是他與薛一起打中，後來查看紀錄，時間相同，所以定為一人打下半架。（打下如此多敵機的說法，因為沒有空軍的官方紀錄，所以存疑待查。）

第五章　渡海

介民一抵達上海，不去西安報到，而是立即請假返閩結婚。明珠當時還在永安省立醫院工作。介民、明珠在分離整整八年之後終於重聚了。一九四六年五月十七日，他倆在福建仙遊教會結婚。

唯一留存至今的結婚照片，是一幀將近五十人的大合影。站在正中的新娘穿著白色婚紗、手捧鮮花，新郎穿著英挺的戎裝，手執一紙卷大概是結婚證書。參加婚禮親族中，我由推測而指認得出的，只有介民的母親和明珠的母親；除了兩三位介民的弟妹，其餘誰都無法辨認了。本應參加婚禮的人卻都不在家鄉：仁民遠在昆明；明珠的兄嫂去了台灣，弟弟永年則已經不幸病逝了。

那年介民整三十歲，明珠二十九歲；不要說那個年代，就是放在現今，也可以算是大齡男女了。照片裡的一對新人神情肅穆，與承平年代新郎新娘甜蜜歡欣的表情截然不同——今後的人生，還有走不完的崎嶇道路；但就算再難再苦，也是兩個志同道合的人一起並肩面對了。婚禮，是對彼此一生一世最莊嚴的承諾。

有情人終成眷屬——一九四六年五月十七日，福建仙遊。

一九四六年六月初，新婚的介民派赴西安十一大隊任中尉參謀，明珠跟隨同去；路線是從福州經南京轉去西安。八年的分離與苦戀，此時新婚燕爾一同上路，雖說是公務赴任，照現在時髦的說法，或許勉強可以稱作蜜月旅行吧——不過同行的還有仁民的妻子孫坤榕。當時仁民在昆明的空軍醫院行醫，孫坤榕便與他倆結伴同赴南京候機去昆明。三人停留南京時，在空軍醫院見到福建醫學院的老同學林建神。林建神當時已改名林城，與後來成為妻子的鄭肖釗在一起。

這次的重聚，為他倆此後的人生寫下最重要的一筆。

（我第一次看到林建神／林城這個名字，是在「起訴書」和「判決書」中。那已是事情過去四分之一個世紀，我才鼓起勇氣去看這些冷硬殘酷的「書」。然後又是將近四分之一個世紀之後，我才知道了關於林城更多的事。）

明珠隨著介民到西安後，在教會廣仁醫院工作。在那裡，他們與介民的航校驅逐飛行科同班同學毛履武常有交往。毛履武早在一九三八年考取航校之前，就已經加入了西安「民先」。一九四四年三月，毛和菲律賓華僑同學柯騰蛟比介民早三個月赴印度受訓。「毛履武」這個名字，也將會一直與他倆緊密連結著。

一九四六年夏天，國共兩黨停戰談判中斷，內戰掀起。國民政府軍大舉圍攻中原解放區，第二次國共全面內戰開始了。艱苦的對日抗戰方歇，老百姓連喘口氣休養生息、重建家園的機會都還沒有，家園就又陷入了戰火，而且「敵人」竟然是自己人。對於這些當年為了抵抗外侮而投身從戎的軍人來說，他們面對的是一個遠比當年嚴酷慘烈的難題：現在端起槍不再是射殺外來的侵略者，而是自己的同胞。這個仗還該不該打？怎麼打？

這種掙扎苦惱，介民絕對不會沒有，但他也絕對不會再將心情寫在日記裡。他留下的「飛行日記」，記錄的只有出勤紀錄：任務、機種、飛行高度、時間等等，沒有心情和想法。幸好他是驅逐科，不像轟炸科的同袍需要出任務對解放區投擲炸彈；他駕駛戰鬥機，而共軍當時還沒有空戰的配備。

七、八月間，介民奉派到南京接機，逗留約一個月；期間曾去空軍醫院找林城數次。在這些頻密的會面中，他們談話內容沒有留下任何記錄，但可以想像：當時已經身為中共地下黨人的林城，和身處撕裂祖國的內戰中的熱血軍官薛介民，斯時斯地，會擦出怎樣的火花？

秋天，介民在《中國的空軍》雜誌首先譯刊關於飛行安全的警惕文章。他深知飛安的重要，親眼目睹幾個小時之前還在一起吃早餐的隊友，由於飛安的失誤而殉職，令他痛心萬分。於是一有閒暇，就利用自己英文的特長，翻譯介紹國外先進的有關飛行安全的理論和技

一九四六年十一月，明珠介民攝於西安。

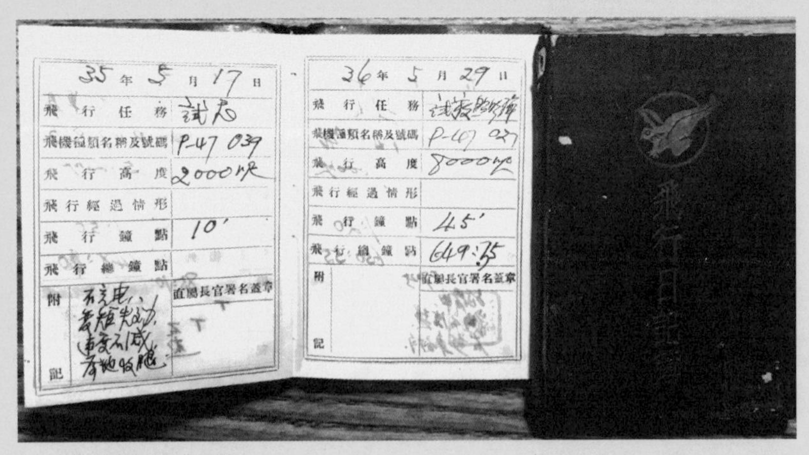

35 年 5 月 17 日	
飛行任務	[illegible]
飛機種類名稱及號碼	P-47 039
飛行高度	2000呎
飛行經過情形	
飛行鐘點	10′
飛行總鐘點	
附記	[illegible]
直屬長官署名蓋章	

36 年 5 月 29 日	
飛行任務	[illegible]
飛機種類名稱及號碼	P-47 027
飛行高度	8000呎
飛行經過情形	
飛行鐘點	45′
飛行總鐘點	649:35
附記	
直屬長官署名蓋章	

飛行日記簿

介民一九四七年的飛行日記簿。

術。

動盪的時局裡，介民和明珠兩個相愛的人能夠廝守在一處，短短一年之前還只是個遙不可及的夢想，而今夢想成真，分外珍惜；再簡單清淡的日子，對他倆也甜蜜無比。次年，明珠在西安生下一個女兒，可惜生下不久小女娃就因病夭折了，他倆自是非常傷心。

也正是在這一九四七年，發生了「趙良璋事件」，介民無可避免被捲入了。

趙良璋與薛介民是航校同期的同學，而且都是驅逐飛行班的；兩人朝夕相處、志趣相投；趙喜歡唱歌，而介民喜歡作詩，在十一大隊時兩人常合作寫歌，由薛介民（筆名海燕）填詞、趙良璋（筆名野雪）譜曲，投稿《中國的空軍》；同時也在當時的《新音樂》月刊、《大眾歌曲選》、《創作歌曲選》上，陸續發表了〈我們越親近了春天〉、〈綠〉、〈囚徒之歌〉、〈我們的隊伍在行進中〉、〈假如我為了真理而犧牲〉（這正是介民那部未完成的自傳體小說的書名）等充滿戰鬥激情的歌曲。[1]一九四四年他們一起去印度接機，趙良璋在卡拉奇訓練期間與美國教官不和，被遣送回國，因此沒有一同赴美；趙回國後改任參謀職位。

介民在自己的筆記和信件中多次提到這位好友的名字，但在早年曾感慨惋惜趙的生活不夠振作，難以理解這樣一個有理想有激情的年輕人，怎會耽溺於打麻將和撲克牌？介民當時還不知道，趙良璋的「沉迷賭博」，其實是他有意的障眼法和保護色——早在抗戰勝利之前，趙就已經想離開國民黨空軍，希望通過中共重慶辦事處投奔延安；但被說服留在空軍裡從事地下工作，發揮更大的作用。抗戰勝利後，趙的職位是國民黨空軍第二軍區司令部參謀，但同時也是中共地下黨員；後來設法取得戰鬥情報科參謀的職位，為共黨蒐集提供國民黨空軍部隊的重要情報。

一九四七年夏天，趙良璋從南京去北平，特別繞道路過西安見了介民，這便是他倆最後一次見面，也極有可能是一次非常重要的會面。趙從北平回南京不久就出事了——一九四七年十月，北平破獲共黨地下組織電台，內有趙良璋的名字。趙隨即被捕，經過一年的嚴酷審訊，於次年十月十九日就義於南京雨花台，死時年僅二十七歲。

因同案而被關押長達一年的同學有朱璧譜、朱鐵華、冉瑞甫（趙良璋的絕筆信也是寫給這三人）[2]。朱鐵華和冉瑞甫是出現在與趙良璋的同一名單中；冉瑞甫後來赴台灣任空軍官校教官，據聞一九四九年在岡山曾再度被捕。介民因與趙走得太近，雖然不在名單上但也受到牽連，由西安被押送南京接受審訊，還曾經在南京空總看守所跟趙監禁在同一個房間裡。經空總軍法處審訊之後認為介民罪證不足，關押近一個月後開釋，回西安十一大隊復職；但

趙良璋與妻子蔣平仲。

E 4/4

慢板　盟　趙野雪 曲　我 詞（蔣平仲 唱）

3·3 2 5 | 6 6 7 5 — | 5 5 6 5 5 3 3 | 2 1 3 5 2 — |

種子落土　就生根，她向天边我们　海誓山盟。

3 2 3 1 5 — | 6 6 7 6 6 | 3 2 3 5 6·3 | 2 3 2 1 1 — |

四月春光好，绿水田田，您的发毛，好比青[illegible]，

1·5 1 2 2 3 4 | 5 — · 0 | 2·6 6 5 3 2 3 | 2 — · 0 3 |

您那[illegible]的眼睛，照着高远的蓝天；也

3 2 1 7 7·2 | 6·5 5 — | (女) 5·5 6 6 | 5 5 5 6 6 5 6 6 5 4 |

印着我自[illegible]的心影。"河边林荫，[illegible]我是[illegible]

3 — · 0 | (男) 2·2 4 4 | 2 2 2 4 4 2 3 4 3 2 | 5 — · 0 |

浪"？"海阔天空，要記得我是[illegible]的战士"！

(合) 5·5 5 5 | 3 2 3 1 5 — | 1 1 5 3 3 4 | 5·6 6 — |

携手前進，生死同心，[illegible]者天里耕耘，

2 2 3 4 3 2 3 4 | 6·5 1 — ||

我们要努力[illegible]的未年。

介民收藏的歌曲〈盟〉的手稿：趙野雪（趙良璋）作曲、「我」（薛介民）作詞，蔣平仲（趙的妻子）唱。

還是洗脫不掉嫌疑，不久即又奉調南京訓練部察看。介民當時的職務雖為上尉訓練官，但被剝奪了飛行任務，從此無法再飛了。（介民的「飛行日記」開始於一九四六年五月廿九日，只記到一九四七年九月為止。）一名經過九年的嚴格訓練和考驗的優秀飛行官，就此折翼。

總計介民曾飛行九百餘小時，跳傘、強迫降落三次，亦受過傷，奉頒「忠勤」、二等「復興」、「勝利」勳章，「宣威」、「楷模」等獎章。一九四七年秋天的停飛懲處，讓介民同時認清，他雖然無法飛行但還是可以做其他工作：他周邊的飛行員同袍，有太多身陷在「槍口對內」的掙扎痛苦之中，尤其是履行轟炸任務時，朝著自己同胞——田野上耕作的農民、村莊裡玩耍的孩子扔炸彈，真是情何以堪！不少人就把炸彈扔到荒山溝谷，也有地勤人員悄悄破壞機上的轟炸系統；甚至找機會冒險起義，投奔到解放區去。自己雖然失去了翅膀，還是可以設法讓更多雙翅膀飛向新的明天。

介民和明珠搬到南京後，住明故宮三條巷。林城當時在南京空軍第四醫院任軍醫，兩家時相往來。一九四八年的除夕，中央醫院、閩醫同學五六人和林城在家餐聚。那是他們有生之年，與林城第一次也是最後一次，在一起吃的一餐年夜飯。

一九四八年一月十八日下午二時，明珠在南京中央醫院生下一個健康的男孩。介民屬龍，兒子的小名便叫「小龍」。

四月，介民因胃病住院（南京空軍醫院）治療，認識了化驗員張紹楨，但並無交往。這個張紹楨，後來也成為他們患難中的一個巨大的傷口。

五月，明珠在林城介紹下，入南京光華門外空軍醫院工作，擔任內科醫官。七、八月間，介民舉家搬到南京光華門外眷區宿舍，鄰近林城家，彼此往來更為密切。

秋天，航校同學毛履武由台灣（十一大隊派駐台灣接收美軍P-47飛機）飛南京，來訓練部找介民。後來，毛履武常常提及薛介民的名字，提及趙良璋、薛介民對他思想上的影響……

一九四八年十二月十六日，發生了震驚全國的「B-24轟炸機起義事件」，以國民黨空軍第八大隊中尉飛行員俞渤為首的五名飛行員，駕駛B-24轟炸機從南京起義飛抵石家莊。俞渤畢業於空軍官校二十三期，一九四五至四六年間也曾在美國接受訓練。父親俞星槎原為國民黨陸軍中將，在保定軍校三期學習時曾與白崇禧同桌同寢室。這樣出身的空軍健兒竟然也是共黨地下黨員，率領另外四名飛行員隊友，將一架B-24重型轟炸機飛到了解放區，成為京滬地區首先起義的隊伍（之前有從成都和北平駕機起義的）。其實俞渤和他的隊友原先是準備將飛機上的五顆各重一千磅的炸彈分別投在南京機場和總統府的，卻因投彈機械故障（很有可能是地面人員的故意暗中破壞——並非未卜先知針對他們的行動，而是為了使例行的轟炸

薛介民（右）、朱鐵華（左），南京，一九四七。

毛履武。（毛軍賢提供）

任務不能命中目標），結果炸彈落到長江邊的燕子磯附近，總統府逃過一場大災難。

俞渤之後更有不斷相繼的起義事件：從一九四六年到一九四九年，國民黨飛行員駕機起義到解放區的共有二十一起（其中一起是從台灣新竹起飛）；一九四九年十月之後到一九八九年，由台灣飛大陸的起義事件又有二十二樁。

一九四八年十一月底，介民先隨訓練司令部搭機遷台，行李則由輪船托運。兩週後，明珠帶母親和小龍搭機赴台。明珠兄嫂姚勇來、沈嫄璋早已在光復後即遷台參加新聞工作，進入《台灣新生報》，分別擔任記者和編輯。

介民和明珠渡海東行，肩負著僅有他倆和林城知道的重大任務。然而具體內容為何，連後來的審訊資料也語焉不詳。這份密檔如果還存在世間，恐怕當待河清之日方能解密了。當飛機離地升空之際，他們應當是滿懷信心，在不久之後的未來，將歡欣地重返這片土地。他們不曾想到：臨行的一瞥，竟是與這片他們深愛的土地的訣別了。

到台灣之後，介民任職空軍參謀大學少校參謀官，單位在南部的岡山鎮。明珠先是被派到台北空軍醫院，旋即請長假赴岡山與介民團聚；經由福醫同學介紹，在參謀大學為軍人和眷屬設立的療養所擔任醫生，負責婦嬰健康。

一九四八年夏，南京。七個月大的小龍和媽媽。

才抵達台灣不久，就在那年十二月，介民便去台南見毛履武。

一九四九年一月，介民接到林城明信片，說他在浙江「做土產生意很順利」，要介民也努力。

一九四九年三月十五日，一名「信使」出現了。一個身穿空軍軍官制服的人，自稱名叫李夢，來到岡山找介民。那時大陸台灣之間的交通還沒有中斷，李是帶著林城的手信，剛從南京來到台灣的。

李夢（一九？—二〇一六，又名李鼎成、李振興）畢業於空軍官校十八期，與薛介民同一時期送到美國作飛行訓練，但並不相識。李在高級飛行訓練時由於「拿大頂」（放飛落地時倒立）而被淘汰。回國後因為思想左傾遭關押，取保釋放；之後曾去南京梅園新村中共辦事處要求建立聯繫，由童小鵬（後為周恩來祕書）等人接待，被勸告繼續留在國民黨空軍內部。一九四六年他在南京空軍第四醫院任總務科主任時認識了林城，加入了共產黨組織。他親身參與了俞渤等B-24轟炸機起義的組織與策畫工作，對其他數架飛機的起義過程也都很了解。

李夢當時的身分是「空軍醫院事務員」，他去台灣之前並不認識薛、姚，更從未見過面，只是憑著林城福醫的老關係，奉組織的指示去的。到岡山空軍訓練司令部找到介民，出示林城的親筆信，然後跟著介民回家去，見到明珠和小龍。那天見面的具體內容，半個多世紀之後，才由李夢親口道出。

約一個月後，李夢來信約見面（據李夢說法則是姚明珠約他見面）。明珠以去台北探望與哥哥同住的母親為由，約了李夢在台北新公園水池邊見面。那次見面的詳情，也是根據多年後李夢親口敘述的。這次的會面，成了明珠後來在審判席上遭受的最致命的一擊。

李夢離開之後不久，介民曾去見過蔡汝鑫（見第二章，一九四〇年秋天的「毆打教官」事件，蔡是案首），那時蔡在台北中國國貨公司服務。蔡談到他從士校禁閉室逃出的經過，及其後的經歷和生活狀況，也問起毛履武、陳紹凱、李和玉等人的情形。兩人談到趙良璋的犧牲，和兩年前發生的「二二八」事件。介民問蔡住彰化什麼地方，說：「將來我如果發生什麼事，可否到你家鄉躲一躲？」蔡回說「沒有問題」，但並未追問介民何以有此「後路」的考量，介民也沒有解釋。③

也是不久之後，同年春天，介民赴屏東空軍十一大隊再見毛履武。同時，介民奉調台南供應部。

一九四九年四月廿三日，共軍渡江，南京解放。五月廿七日，上海解放。八月十七日，福州解放。

一九四九年夏，毛履武即將出差陝西漢中駐防，出發前來與介民告別，稱「即可行動」。介民懂得他的意思。果然，不久傳來消息：六月十五日，毛履武被大隊派遣駕駛P-47型戰鬥機，從漢中南鄭機場起飛，執行偵察西安的任務；他先飛西安，再從西安飛往解放區河南安陽機場，平安降落，起義成功。國民黨的說法是他不小心「誤降機場」。（毛履武後來多次重申：他是受到同班同學、好友薛介民的策動，鼓勵他尋找機會駕機起義的。我卻是在六十年之後，偶然在網上一篇懷念毛履武的文章裡才讀到這番話，後來找到更多不同來源的資料，全都證實了這個說法。）

那年秋天，介民乘公差之便，先去桃園見同班同學李和玉——毛履武走之前，叮囑介民去策動李和玉投誠。（李和玉被捕審訊時檢舉薛介民「煽動他投匪」。）然後去新竹見陳紹凱，交上李夢帶來的林城的親筆信。

也是同年秋天，介民奉調屏東三大隊隊部，雖號稱可恢復飛行，然而不久即調為作戰參謀。

一九四九年十月一日，中華人民共和國宣告成立。大典那天，毛履武奉命駕駛P-51戰鬥機通過天安門上空接受檢閱。由於顧慮到開國大典時敵機偷襲的可能，一份令人震驚的「帶彈受閱飛行」方案被制定出來：十七架受閱機群從天空飛過時，其中四架掛著實彈，這是世界閱兵史上前所未有的——這四架飛機在接受檢閱的同時，還肩負著保衛天安門上空安全的警戒任務，一旦發現敵情，將可隨時迎敵。身在天安門城樓閱兵的最高領導人批准了這一方案，表現出了對這批空軍健兒最高度的信任。（見〈開國大典：飛越天安門的雄鷹〉一文。）

一九四九年秋冬之交，介民兩度接到署名陌生、而筆跡不是林城的香港來信，要介民赴港，說林城在香港。介民軍職在身無法赴港，故未行動。

介民被調派台南供應部半年，旋即調屏東三大隊作戰課；除擔任參謀作業外，亦參加飛行訓練業務。從一九四九年十二月到一九五〇年六月，他又有一本短暫的「飛行日記」。

一九五〇年，全家定居屏東東港大鵬灣空軍基地成功路籃球場眷舍，地址是屏東縣東港鎮共和里共和新村R-58之八號，一棟相連平房住有十一家。（「共和新村」原是日本人將屏東東港大鵬灣內的淤砂抽出填地，興建東港海軍航空隊的軍官宿舍社區。光復後成為空軍眷村「共和新村」。迄今仍為台灣僅存少數完整保存的眷村。）明珠在東港婦嬰醫院工作。

一九五〇年一月十七日，夜，長女小鳳出生。

春天，介民再度到新竹見八大隊飛行員陳紹凱。（這些都是在審訊紀錄中出現的。）

小龍和小鳳，一九五〇年夏。

薛仁民（左）與朱碧譜，一九五四年八月。

介民（中）去菲律賓出差，喜遇柯騰蛟（右一）。

國府早在一九四八年第一屆國民代表大會中，就強行推出了《動員戡亂時期臨時條款》；一九四九年五月一日實施台灣全島戶口總調查，同月廿日發布軍事戒嚴令。其後有關的法令陸續出籠：《國家總動員法》、《懲治叛亂條例》、《動員戡亂時期匪諜肅清條例》、《台灣地區戒嚴時期出版物管制辦法》、《非常時期人民團體法》等等，逐漸完成了極其嚴密的控制體系。一九五〇年六月廿五日，韓戰爆發，美國的對華政策立即發生大轉變；美國總統杜魯門下令將台灣海峽「中立化」，命令第七艦隊從夏天開始巡弋台灣海峽，封鎖中國東南沿海港口；次年，美國恢復對國府軍援及協助防守台灣，六月起派軍事顧問團來台，不久連隸屬中央情報局的機構也在台成立了。美國的支持不僅讓國府轉危為安，更因加入全球化的反共結構而從此有了靠山；於是不再有所顧忌，放手發動籌備已久的島內肅清活動——台灣五〇年代的「白色恐怖」於焉開始。

韓戰引發的風雲驟變，出乎所有人意料之外。祖國，忽然之間遙遠了。唯一聯繫的那條線——林城，不再有訊息。這樣的形勢，讓介民和明珠無從預測，還要多久才會再出現「信使」？他們只能耐心等候。

而在海峽的另一邊，雙生哥仁民，以軍醫身分參加了「抗美援朝」韓戰；回國後的路上遇見介民的同學好友、趙良璋的同案朱碧譜，兩人到照相館留下一張珍貴的合影，希望有朝一日介民能夠看到。（介民終究沒有能夠看到。但許多年後，仁民的兒子將照片給了介民的兒子；又過了若干年，朱碧譜的兒子也將這張照片的圖檔傳給了介民的兒子。）

從一九五〇到一九五五年，從表面上看來，是這家人一段相對來說比較安穩的日子。他們的兒子那時雖小，卻模糊記得一些愉快的時光片段：家住海邊，一家人晚飯後的散步，父親帶著他游泳，不遠處有一道防波堤……反而是一位當年的鄰居女孩李琪記憶清晰：她記得「薛伯伯」去菲律賓出差，給孩子帶回一輛「菲利普」三輪小腳踏車，小朋友們皆豔羨不已。（就是前面提到過，介民「投筆從戎」報考航校路上遇見的菲律賓華僑、後來成為同班好友的柯騰蛟送的。）過聖誕節時，「姚媽媽」以糖果和小塑膠聖誕老人做小禮物送給鄰家小朋友，給小女孩留下非常深刻的印象。還說薛伯伯姚媽媽人雖親切，教育子女卻是很嚴格的。她還提到東港海邊有海灘可游泳，有一天介民和她父親一道帶小孩游泳，她父親不慎溺水，善泳的薛伯伯立即帶了救生圈入海把她父親救起來，拉上沙灘，等恢復神志一道回家。所以「薛伯伯」是她父親的救命恩人。

一九五一年，空軍總部創辦《飛安季刊》，創刊號內容一半均出自介民的手筆。

介民駕**PT-17**型飛機在台北上空時因機件臨時故障，發動機滑油漏盡，乃沉著應變，在飛機著火之前，安全拯救人機，迫降松山機場，獲記功一次。

一九五二年八月，小凰半歲，全家攝於屏東東港。

柯騰蛟送給介民孩子的小三輪車。

八月十六日，陳紹凱駕B-24在嘉義撞山失事死亡，年僅二十八歲。相信在他殉職之前伺機起義的意向已堅，可惜出師未捷身先死。

一九五二年二月廿九日，夜，次女小凰在屏東空軍醫院出生。

同年冬天，介民考取空軍參謀學校十二期正科班。次年二月，介民離隊入學，十一月畢業，前後完成十三至十五期及高級班一期，及中隊班四至十期課程。因成績優異，留校任教官。

一九五五年春，空軍總部來調查一九四〇年發生的「蔡汝鑫事件」，介民被迫寫自白書，交代這樁多年前的所謂「毆打教官事件」，可見此事一直存在他的檔案紀錄中。

一九五五年九月，國民黨政府命令台灣民眾向保安司令部辦理「前在大陸被迫附匪分子自新登記」。在白色恐怖的年代，「自新登記」擺明了是自投羅網，平白給自己冠上罪證。但由於「保密防諜」的工作做得周密，加上捕風捉影還有獎賞的構陷告密，早年在大陸即使是最微不足道的愛國行動，也可能被定性為「附匪」；如不自首，一旦被發現或遭人舉報，就有可能被認為有意隱瞞，罪加一等，後果更不堪設想。明珠知道，崇安被捕感訓之事絕對是歷歷在案無從隱瞞的，於是通過郵信辦理了「自新登記」，坦白供認學生年代參加「組織」、在崇安被捕、感訓一年被釋放的經過。除此之外，沒有透露任何其他行為。（但後來國防部軍法局公文稱此舉動「並非辦理自首」，因為這樁案子是已經登記有案的，而他們要的是後來未被發現截獲的「罪證」，所以不算誠心自首，罪加一等。）

秋，明珠由福醫同學介紹，在基隆市立醫院任婦產科醫生，全家搬去基隆。同年冬，介民被調往台北空軍總司令部督查室安全教育組，任中校飛行安全官；每天乘火車台北基隆之間通勤，全家人都要等父親下班回到家才一起坐下來吃晚飯。介民每天通勤辛苦，導致胃病發作吐血；後來決定舉家遷台北，才免掉了介民奔波之苦。明珠改在「台北軍眷診所」任醫師，有時在台北長春路福醫同學張元凱的康德醫院（內科、兒科）兼看門診，負責婦產科。

介民在空總任飛安官時，一人主辦編輯《飛行安全月刊》（一九五五年十一月至一九五八年十月）共三年三十六期，每期十餘萬言。並利用公餘編著關於飛行安全理論及專輯，出版單行本十餘種。④

一份舊日的戶籍謄本記錄了：民國四十四年（一九五五）十一月廿四日，薛家三個子女的名字，從小龍、小鳳、小凰，改為人望、人星、人華。多年後，見不到孩子面的父親，在獄中寫下了「望、星、華」三字的意義和對子女的期望。

【注釋】

①〈盟〉歌曲介民的手跡。詞：「種子落土就生根，地角天邊，我們海誓山盟。四月春光好，綠水田田。您的睫毛，好比青秧早。您那海似的眼睛，照著高遠的藍天；也印著我白雲的心影。河邊林蔭，別忘了我是純真的姑娘！海闊天空，要記得我是正義的戰士！攜手前進，生死同心，愛情在春天裡耕耘，我們要努力永遠的來年。」

② 趙良璋給三位好友的絕筆信：

「鐵華，碧譜，瑞甫：人生無不散的筵席，我大去之後，平仲方面最好是改嫁，在監的東西完全由你們收下。在馬法官向真處有我51派克金筆一枝，手錶一支，可要回來，也可作個紀念吧。我是帶著勇敢和信心就義。我雖倒了，但頑強的性格仍使我精神永不滅亡。這裡請你們放心。我也有一信給平仲，一切都拜託你們了。擁抱你。良璋絕筆 十，十九」

③ 蔡汝鑫（見第二章，一九四〇年秋航校「毆打教官事件」），一九一三年生，台灣彰化縣人。多年後才在網上查到他的資料，原來他早在一九五三年就被國民黨判死刑槍決了。

「蔡汝鑫係中國國貨公司職員，於三十二年在福州與陳建東（二二八事變時被擊斃）同事，由其介紹共匪張秋山相識，至三十五年三月間，在台灣由張秋山介紹蔡汝鑫之同學林良材（在逃）見面，斯時蔡知林良材係舊台共，曾被日政府拘禁至光復才釋放等情。」

④介民編著關於飛行安全理論及專輯，出版單行本書名：

（1）T-33噴射教練機失事分析專輯（四五、四六年度各一種）
（2）飛機緊急迫降失事研究
（3）噴射機（戰鬥）在機場外之迫降失事分析
（4）四千九百次飛行員錯誤失事評論
（5）F-84噴射機失事研究（四五、四六年度各一種）
（6）F-86噴射機失事分析（四六年度）
（7）飛行員人為因素之失事研究
（8）氣象因素之飛行失事專輯
（9）噴射機空中熄火失事研究
（10）近似失事及意外事件之分析（四六年度）
（11）空中碰撞失事研究
（12）噴射機飛行員彈射跳傘之研究

第六章　不速之客

一九五六年春天，介民突然接到一封來自新加坡的航空信，寄信人是明珠的二姑的兒子，表弟黃重仁。怪異的是：信封上收信人的地址竟然是：「台灣空軍部薛介民收」。只能說台灣的郵政很有效率吧，信件送到了台北空軍總部，由空總的傳達室交到了介民手中。

黃姓表弟在信中報告福建家中、尤其是介民母親的近況，口氣顯然是仁民的；雖然所說有限，但這是介民自從五〇年代初期台海兩岸封鎖之後，第一次得知家鄉老母親的訊息，當然非常激動。但他也不是沒有戒心的，便由八歲的兒子小龍執筆，以航空郵簡寫了一封回信給祖母，託黃姓表弟轉寄，同時告之以後來信請寄明珠工作所在的基隆市立醫院。

兩個月之後，黃姓表弟又來信了，這次附來老母親給孫子的信，談家事、談自己的情況。有了母親的親筆信，介民便也提筆回信了。

黃姓表弟第三次轉來家信時薛家還住基隆，這封信裡黃表弟只談自己新加坡家裡的瑣事。秋天，來了不尋常的第四封信。這封信裡只有仁民的親筆信，除了述說家中大小情形外，竟有「肖釗」兩字出現，而且是「肖釗夫婦」！不消說，「肖釗」就是林城的妻子鄭肖釗，寄信人必是覺得林城的名字太敏感，用「肖釗」就不會引起注意。信裡用仁民的口氣說：「肖釗夫婦問安你們，請把你們詳細地址告訴，有機會他們會叫朋友去看你們的小孩。」

介民、明珠不知道的是：林城已於一九五一年十二月由香港調回上海，一九五四到一九五九年他在蘇聯進修，所以這年（一九五六）「肖釗夫婦」根本不可能跟仁民來往。可見命令仁民寫信的是另有單位，然而這點介民、明珠當然無從知曉。

一九五七年五月，在福醫同學張元凱的幫助下，薛家搬進張醫師的「康德診所」對面巷子一間簡陋的租屋（長春路一二〇巷二弄十號）。基隆台北之間奔波的人從介民換成了明珠——明珠仍在基隆市立醫院看門診，下午趕回台北在軍眷第二診所兼職半天；直到九月間才辭去基隆的職務，改成每天上午在台北市西邊的三重鎮華南織布廠醫務室擔任主任半天，下午仍在軍眷診所兼職。以當時台北的公共交通條件，明珠上下午分別在當時算是市郊的三重鎮和市內兼職，其辛苦可想而知。除此之外，她有時還在「康德診所」兼任婦科和產科醫生，因為張元凱醫師只看內科和兒科。

（若干年後，她的長成為少年的兒子回到康德診所，還依稀記得診所後進的一個小間，正是小時候媽媽照顧病人的地方。其後他便在那裡住下——這是後話了。）

三個孩子在育德門前合影，最後的燦爛的笑容。

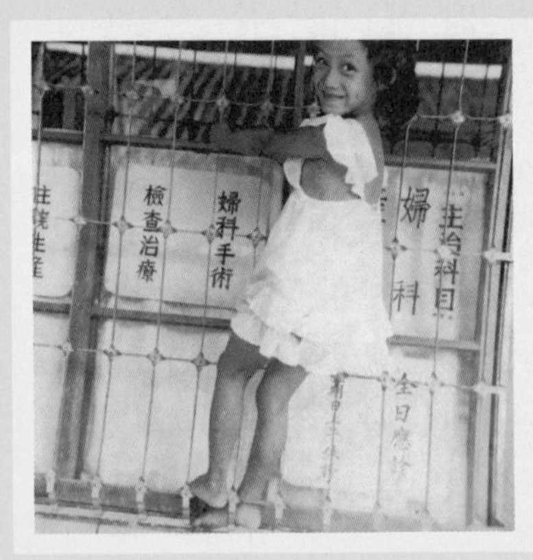

小凰在育德門前。

一九五八年春，一家五口在育德診所前的合影，
也是全家最後一張合影。

介民還是偶有文章投稿。《中央日報軍事週刊》刊登了一篇介民關於「米格十五」飛機的文章。

一九五七年夏，黃姓表弟又轉來一封仁民的信，內容談些家事。介民回信囑黃將信寄康德醫院吳珍玉（張元凱醫師的夫人、明珠二姑的好友）轉交，理由是：他們家白天沒人，而信件寄到醫院總會有人收，不易遺失；再者，吳女士小時跟「二姑」亦即黃表弟的母親是好友，代為轉信當然不成問題。

同年秋天，薛仁民果然通過黃表弟轉信，寄康德醫院吳珍玉轉交一封「家書」給介民，內容令人警覺；因為這次不僅「肖釗夫婦」又出現了，而且口氣鄭重：「肖釗夫婦好久不見，你們忘了嗎，他們要介紹朋友來看你們，希望你們好好接待。」

「你們忘了嗎？」、「希望你們好好接待」，這樣生分而且帶有命令的口氣，並不像是出自林城。但筆跡是仁哥的，而「肖釗」等於是林城的代號，介民必須給出肯定的回覆。

結果這位「朋友」直到一年之後才出現。此人一出現，一扇地獄之門即自那一刻開啟。

民國四十七年，西元一九五八年，是介民和明珠生命的翻轉之年。四月，姚明珠醫師的「育德診所」開業了，地址是台北市信義路四段二〇八號；診所以婦科、產科為主，兼及兒科。當年明珠高中畢業後第一個工作，就是福建涵江育德小學教員。以「育德」兩字為診所命名，既紀念了她家鄉的小學，也含有「生育」之意。兩層的小樓，樓下看診，樓上住家，明珠從此可以不必在工作和家庭之間奔波了。開業資金來源是向「合作金庫」貸款（張元凱作保），以及同學好友籌借資助，並起了兩個集資的「會」，每月付款兩千，債務三萬。航校在台北的同學們合資贈送候診座椅兩排，以作祝賀。

從決定就讀醫學院開始，明珠就懷抱著做一名治病救人的醫生的志業。國家民族固然是她獻身理想的最高點，但落實到眼前身邊的還是「人」，尤其是千百年來最受壓迫的婦女同胞。所以她的專業志趣一直是婦產科、兒科——她的關注重點就是婦孺和新生命的健康。這些年來明珠隨著介民的工作地點遷徙，輾轉於各個醫院、診所、單位的醫療室之間，甚至上午下午趕到不同地方、不同的看診處所，不僅身心飽受奔波之苦，對於一個盡責敬業的醫生，沒有固定診所也是一種專業上的困擾。在一個屬於自己的診所行醫是她的一大心願。這年的春天，願望終於實現了。雖然背負了債務，但明珠並不擔心：在女醫生還不多見的年代，憑她的醫術，只要全心盡力投入，「育德」一定會廣為人知的。診所僱用一名護士，介民在下班之後和週末也會幫忙，診所業務很快就上了軌道。

當時剛滿十歲的小龍，對新家的裡裡外外至今還有一些清晰的記憶：樓下診所的格局，候診室、看診間、藥局、樓梯的位置，樓上的房間……最特別的是房子後方不遠處有一片曬穀場——當時信義路四段三張犁一帶還有大片的稻田，稻子收成後在曬穀場上捆紮成堆；這時就有歌仔戲班來搭台唱戲。他看著那燈火燦麗的野台戲，聽著喧鬧的鼓點，卻更著迷於後台那些卸了妝、或者正準備粉墨登場的真實人生，心中泛起難以敘說的感受，便開始試著用文字寫下來……這個男孩其後的人生，始終與文字很親。這又是後話了。

保存至今有三張在新家、也是新開的診所前拍攝的照片，一張是一家五口，一張是三個孩子，一張是六歲的小凰攀爬到診所窗戶上。孩子們臉上那樣歡快燦爛的笑容，從前沒有見過，後來更是再也沒有了。從一九五八年四月到九月，從春天到秋天，快樂時光只有短暫的五個月。

當時的歷史背景：一九五八年八月，發生了金門砲戰，亦稱「八二三砲戰」、「第二次台海危機」；共軍發動激烈的砲火攻擊金門、馬祖，國軍隨後亦反擊，緊張形勢持續兩個多月後才逐漸減緩，雙方維持「單（日）打雙（日）不打」的局面，直到一九七九年。那段時日，國府的危機感和島內的肅殺氣氛可以想像。

介民可能感到通過台灣郵政由黃姓表弟轉信的不妥，正好一位十二特班的同學（已故）有個僑生親戚，可以託正要回鄉的友人親自帶信去新加坡，再轉寄給仁民。可惜，他的警覺來得太遲了。

一九五八年九月八日，仁民寫一信託黃表弟轉給介民，說：「肖釗夫婦近況如恆，前數日他們來我這裡玩，並說最近會託親戚去看你們的孩子，我想您們一定很高興接待。」但這封信因黃表弟事忙忘了轉寄，仁民收不到回音，便於十一月十九日再寫一信給黃提醒，黃才於次年（一九五九）一月二日將此信轉出，寄去信義路家中。

而這時，「家」已人去樓空一片狼藉。介民、明珠已經「離家」三個多月，三個孩子也已流落他處了。

事情要從兩年多前說起。一九五六年二月，原任職於重慶中央信託局的張為鼎（化名張大仁、張偉），被組織派赴香港，用半年時間學會通信技術之後送來台灣，任職裕隆汽車公司（當時還叫「裕隆機器製造公司」）。十月，張的妻子羅秀雲也從香港來台。張、羅夫婦，是由香港某「聯絡處」負責人彭高揚授予任務，命他們來台北找一名國民黨空軍人員寇新亞。寇是河南洛陽人，空軍載微波通信大隊中校副大隊長，一九四九年在南京服務於空軍運輸大隊，當時便與彭高揚有過從，因為彭是寇新亞妻子彭文斌的叔父。寇還有一個兒子留在大陸。彭既是寇氏夫婦的親族長輩，託張、羅夫婦到台灣時探望寇和他的妻子，看起來理所當然，不會啟人疑竇。彭交予張、羅夫婦來台的具體任務，是通過寇新亞收集空軍情報、伺機策反空軍人員。彭並囑咐他們：聯絡上寇新亞之後，通過寇「先尋覓（空軍裡的）張紹楨醫師，以看病為由與其認識，然後向張打聽薛介民的狀況」。

次年（一九五七）春天，張、羅夫婦才聯絡了寇新亞。又再過了一年多，他們才「找到」薛介民。

根據寇新亞、彭文斌夫婦的審訊材料內容：一九五七年初，張為鼎、羅秀雲夫婦來到寇家拜訪。他們攜帶了預先約定的聯絡「信物」——一件衣料，邊上的小塊布角已在先前由彭高揚剪下寄來寇家了。那天寇不在家，寇妻接待了他們，張羅夫婦沒有說明來意。一週後，張單獨再上門，跟寇見到面，核對布角與衣料無誤。寇便將張延入臥室裡關上房門，開大收音機的音量，開始談話。

張首先告知寇，他留在大陸的兒子的近況及家中房產的情形，然後向寇交代任務：設法取得空軍有關機場、機種、編隊、雷達、尉級以上人員名單、「聯合作戰中心」等情報，盡可能利用此間電台與大陸通報，或自設發報台。寇答應了，於是相約下次晤面時取件。兩週後，寇又在臥室接待張，從床褥下取出自己蒐集的空軍編制機種別，及空軍各正副聯隊長姓名階級、基地等情報交給張；同時表示有急用需要錢。張允諾幾天之內會叫妻子送過來。

四月初，張寇又晤面，一同研討設立發報電台的事；寇認為器材管制嚴密，表示無能為力。四月中，兩人再度晤面，寇交給張空軍情報一件及發報機線路圖一紙，同時又向張索取錢款。第二天，張的妻子就又送給寇新台幣一千元。（民國五十年，即一九六〇年左右，一名普通公教人員的月薪是新台幣七百元。館子裡一碗帶肉的麵只要二元。一千元不是小數目。）

並非出於一份理想和使命感而承擔了這樁任務，寇新亞雖然有錢可拿，但內心忐忑。他知道萬一事情敗露的嚴重後果，令他越想越恐懼，以致寢食難安；妻子發覺有異，問他卻不肯說，只是煩躁地叫她不要多問不要管。終於，他選擇了告發出賣。一九五七年六月十日，寇新亞向空軍總部政戰部檢舉張為鼎、羅秀雲夫婦為「匪諜」。

「空總」憑空獲得如此重要的情報，當然要善加利用。七月，「國防部總政治部」會同「空軍總司令部」，成立了「捕鼠專案」，利用張、羅夫婦進行反間計。於是寇其後一直在空總政治部第四處的指導下，按時與張接觸、假裝合作，提供假情報給張長達一年之久，還誘騙到一萬元港幣，直到次年秋天張、羅夫婦被捕為止。共方與張的聯絡方式，大多是利用收音機單程通訊，到張被逮捕為止收到共方約五十餘次訊息；張向共方遞送情報或其他報告則用「漏格法」密寫（即「以字代碼」，約定用毛姆的小說《人性枷鎖》一書裡的文字，用密碼選取書中某頁某段的個別文字，串成情報信函內容），到被捕為止發出了約四十件密函，其中至少有十幾件是故意設置的假情報。共方也利用這個方法來函二三次。此外還有一種化學藥品密寫通訊，及「聯絡信箱」方法。

同年夏，張為鼎接到「指示」，要他「與空軍薛介民、醫師姚明珠夫婦聯絡，授其祕密通訊方法，繼續為組織工作」；不知何故，張遲遲未遵命採取行動聯絡薛、姚夫婦。而這條訊息，極可能當場就被正在嚴密監控他的調查單位截獲。但張本人還蒙在鼓裡。

次年（一九五八）七月，「國防部總政治部」和空軍總部認為時機成熟，決定收網，動手逮捕張為鼎、羅秀雲夫婦，並利用他們繼續進行反間計、繼續「釣魚」。

一九五八年九月十三日下午三時許，國防部總政治部、空軍總部、會同警備總部保安處，在台北中正路與延平北路拐角老和豐號（即宏大橡膠號）逮捕了羅秀雲——羅約了寇新亞當天在那裡交換情報。於是當場人證俱獲，搜出情報資料，緊接著隨即捕獲了張為鼎。從那一刻開始，張、羅夫婦便充分合作，配合總政戰部的「反間諜」運作。幾乎是被捕之後的第一時間，張立即主動供出薛、姚兩個名字，而且配合演出了一場戲——第二天就照劇本上演。

（後來張、羅夫婦因「在運用期間績效顯著」故「從寬處理」，僅「交付感訓三年」。

但一九七〇年一月十四日國防部會同總政戰部又組專案，再度逮捕張、羅夫婦，「並偵辦澄清寇新亞涉嫌部分」。寇新亞及妻子彭文斌也於一九七〇年一月再度被捕，寇並於一九七一年六月以「叛亂罪」被判十二年徒刑，一九七二年二月更進一步改判死刑。這個下場，是寇當初決定告發出賣張羅時萬萬沒有料到的。）

民國四十七年，西元一九五八年九月十四日，是一個看起來再平常不過的星期天。前一天的晚上，「育德診所」一位孕婦因為生產不順利，折騰了一夜；明珠和幫她忙的介民都徹夜未眠。孩子生下之後，兩人才累極睡去。

下午兩點左右，診所來了一名陌生男子，說找薛介民。護士陳小姐見此人並未伴隨女人小孩，又不是找姚大夫，顯然不是來看病的，直覺必有要事；雖然先生正在補眠，她決定還是上樓悄悄叫醒他，但盡量不要驚動姚醫師。

介民聽到「有人找先生」，便起身下樓，看到一個從未見過面的男子站在門口條椅旁邊，神色顯得很不自在。男子問：「你是薛介民？是福建人？」介民說是，來者卻吞吞吐吐，欲言又止。

「有什麼事嗎？」介民問。

「你哥哥的信收到了?」陌生人說。

介民警覺起來,「什麼信?」

「林建『成』你知道吧?」

介民立即想到仁哥信中說有「朋友」要來,便問「貴姓?」來者說他叫「張偉」,可是後來又改口稱「張為」。介民延他進入看診室坐下,自己坐在室門口的椅子上。「張偉」隨即急促的說:他是「上級」派來聯絡的,需要介民提供台灣高射砲的數量的資料。介民當然不會貿然承諾,只是謹慎地回答「這個我不知道」。

「那我來辦好了,」張說。接著又問:「那八架投誠的米格機,是否有這回事?」

介民觀察著這個神色不定的男人,依然謹慎地未置可否:「我們空軍命令不准談這件事。」

張追問:「那你的看法如何?」

「八架?不可能吧。」介民隱約感覺對方在套他的話。

張便轉換話題,問介民開設診所的經過。「靠同學幫助的,」介民實話實說。

「你們十年來很艱苦過生活,需要錢我可以給你。」張說。介民說不需要,反問張來台多久了?

「四十四年（一九五五）來的。來的時候帶了些錢，有需要就可以給你。」來了三年才聯繫自己？介民再次婉拒「不需要」。

「我來過這裡三次都沒見到面。」張說。介民心想：你知道我平日白天不會在這裡的，「我要上班的。」

「你幾時有空？」張站起身，似乎很想趕快說完話就走人，連珠炮般的說：「那麼下禮拜天下午三點鐘到植物園荷花池旁見面，你帶小孩子來。這次見面我們彼此不大了解，下次我帶文件來，裡面有通信的方法，你看過就明瞭了，不清楚的問我，看完就燒掉……」

介民越發起了疑心：這人固然有可能是自己人來探路的，但也不無可能是個圈套陷阱，否則何以沒有「信物」，而且言詞閃縮，為什麼有東西不能面交，還要再約到外頭見面？但「張偉」堅持要等下次再說，連著三次叮囑「下禮拜天見面」，然後匆匆告辭。介民送他到門口，指給他看路對面公共汽車的站牌，卻見他跳上一輛路邊的三輪車走了。

還容不得介民把這件突發狀況在腦中分析整理，幾乎是緊跟著「張偉」離去的背影而同時出現在診所前後門的，是兩部軍用車和從裡面跳出的兩車人。他們進來後即向還來不及走到樓梯口的介民表示：「政治部」找他去談話。（「政治部」即當時的「國防部總政治部」，後更名為「國防部總政治作戰部」、「國防部政治作戰局」，是國民黨軍隊的政工體系。）

來得這麼快！介民鎮定自己，表示需要上樓換件衣服，還問為首的人：需要穿什麼服裝？意思是要不要穿制服。回答隨便就可以，於是其中兩個人尾隨他上去。進了房間，介民對已經聞聲驚醒的明珠說：「政治部找我去談話。」明珠當即明白：自己也要有所準備了。

然而她已經沒有時間了。

明珠也沒有料到：此刻一為別，下次再見到介民，竟是四年之後了。

介民換了一身乾淨衣褲下樓，跟隨幾名陌生人上車離去。其他幾個人開始翻箱倒櫃搜查診所和家中物事。之後，明珠也被帶走了。

當時龍、鳳、凰三個孩子分別是十歲、八歲和六歲。他們對那個不尋常的星期天下午竟然都沒有記憶，甚至是他們在多久之後被送到舅舅家、以及舅舅當時有沒有告訴他們父母親發生了什麼事等等，種種有關的情節，全都被深深埋進記憶深處一個再也不願碰觸、不敢打開的鐵盒裡，任其鏽蝕沉埋。

第七章　煉獄

一九五八年九月十三日調查單位逮捕張為鼎、羅秀雲；次日便令張去薛家，對介民講出準備好的一番話，講完了匆匆出門，埋伏在附近的人馬立刻分秒不差的衝進診所逮人，然後抄家。再過了四天，九月十八日，逮捕同案張紹楨（空軍總醫院化驗科中校主任）；十月五日，逮捕李和玉（空軍官校教育處計畫科中校科長，曾在五大隊、十一大隊，一九四三年四至八月赴印度接收P-40飛機返國）。

介民與明珠初始關押在台北市西寧南路原東本願寺的「保安司令部」。明珠叫孩子寄信給她就是這個地址：「西寧南路三十六號，李隊長收轉。」[①]起訴後兩人都移到青島東路三號的「軍法局看守所」。

十月四日，國防部軍法局發文，當時的參謀總長王叔銘具名上簽呈給總統蔣中正「初步偵訊報告書」，報告九月十三日「破獲匪嫌案乙起，當日捕獲主犯張為鼎羅秀雲夫婦兩名，繼而根據供詞，於九月十四／八日先後捕獲薛介民姚明珠夫婦及張紹楨等三名」。總統於十月十八日下令徹查，尤其是在空總服務的張紹楨、薛介民二人，「係何人介紹保證，暨其在服務期間如何為匪工作，有關保防人員顯係疏懈職責，並應澈究。」（查閱史丹佛大學胡佛研究所「蔣介石日記」檔案，蔣在該年十月的日記中未曾提及此事。那個月蔣關心的是金門砲戰的停火協定，和美國對金門馬祖離島歸屬問題的態度。但可以想像蔣對此事的震驚與震怒：空軍裡出現「匪諜」是非徹查不可的大事；這項最高命令下來，遭殃的不會只是幾名涉案人而已了。）

於是不同於通常的疾風迅雷一網打盡的做法，面對這件大案他們沉住氣隱忍不發，而採取嚴密布置，目的是想放長線釣大魚。此公文第五項「現行處置」：「一，主犯張為鼎一名，現正運用其作通訊謀略工作，期能擴大偵破並混淆共匪。自獲案迄今已收匪報三次，兩次為聯絡，無報，一次經譯出其內容真實，匪似未發覺本案已被破獲，另發密寫信一件，情況良好。二，本案現仍繼續分別追訊發展中，至於本案之偵破對空軍有安全顧慮之部分，已飭由空軍總部作必要之適當防範措施。」

一九五九年一月十四日，也就是逮捕之後四個月，王叔銘呈覆總統鑑核偵審結果報告：「查本案主犯張為鼎乙名，正由本部妥善運用對匪作通信謀略中，進行狀況甚為良好。」

同年三月——介民、明珠已在獄中半年了，哥哥仁民於三月卅日寫出一信給介民（新加坡郵戳「8APR59，台灣郵戳四十八年四月九日」），信寄到信義路家中，當然被截獲。仁民信開頭寫道：「正想念中，接得來信，欣慰之至！」問題是，此時的介民怎有可能去信？最大的可能是調查單位假冒他寫家書「釣魚」。信中又說：「家中常有客人，肖釗夫婦也常到我處坐談，據悉其親戚忙於生涯與家務，分不開身，無暇出門拜訪，等待有便，定去探望親友。」看來這是後知後覺，到此時方才知道有人出事了，急忙寄信通知介民、明珠，竟不知他倆早在半年前就被捕了。

三月初至八月中，審訊同案李和玉完畢。

五月，介民在獄中胃出血。

一九六〇年，四月十九日，檔案裡出現最後一次起訴前的非正式審訊介民的紀錄。其後便再沒有此類審訊紀錄。明珠的則為同年四月十六日。其後直到一九六二年六月才「立案」，這兩年兩個月中發生了什麼事？就像石沉大海，再也無法查找。兩年兩個月，將近八百個日子，沒有音訊沒有紀錄，也沒有給兄嫂孩子的任何信件留下；獄中的囚人和獄外的家人，是怎樣日日夜夜、分分秒秒度過的？不能想像，也不敢想像。

（那年九月，台灣《自由中國》雜誌社社長雷震等人因涉嫌「叛亂」，遭警備總部逮捕，判刑十年。在當時嚴密封閉的社會裡，引起矚目的大案，也僅此一樁。）

一九六一年，全年空白。沒有官方檔案紀錄，也沒有私人的筆記、日記。我查遍所有能夠找到的相關資訊，那整整一年像一個伸手不見五指的漆黑洞穴，沒有一絲光照、沒有一縷音響。面對紙上那個年月日，我無法想像從一九五八年九月開始失去自由迄今，人的精神和肉體承受的是何等的傷害，而人的承受極限又是在哪裡？

一直要到一九六二年六月，也就是兩年零兩個月渺無聲息的「黑洞」之後、也就是逮捕行動將近四年之後，「國防部軍法局」方才成立了薛、姚、李（和玉）、張（紹楨）「叛亂」案。此案自此才算正式開啟。也就是說：從逮捕入獄到立案，用了三又四分之三年的時間，一千三百多個日夜，進行審問、調查、審訊審訊再審訊再不斷繼續無數次不計其數不擇手段的審、問。

六月十三日，四名被告移送「國防部軍法局」審理。（當時「分押空總及本（國防）部情報局」）

七月十一日，審問張紹楨。

七月十二日，審問薛介民、李和玉。

七月十三日，審問姚明珠。

七月十四日，「軍事檢察官」趙公嘏起草起訴書。薛姚以「二條一」（即叛亂罪，一般以死刑論處）起訴。

七月廿一日定稿，廿三日國防部發布起訴書。廿五日送達（接獲）起訴書。

七月廿六日，國防部軍法局會審開始。

八月二至三日，軍法局法庭正式開庭訊問。薛介民、姚明珠、李和玉八月一日上午由情報局移解軍法局收押，張紹楨於八月三日由空軍總部移解軍法局收押。在庭上，張紹楨稱在空總政治部受訊時遭到疲勞審訊，當場被駁回。

九月八日，國防部軍法局指派軍事檢察官及公設辯護人——兩名上校孫威賓、孔鐵勛；後變更為一名律師王善祥。（六年之後，一九六八年，作家陳映真等人因「民主台灣聯盟案」被捕，營救他的朋友去找知名律師端木愷為他們辯護，遭到端木拒絕，但轉交給手下辦理，這位「手下」正是王善祥律師。）

九月十四日，軍法局審判組開庭訊問薛介民、姚明珠。這天極可能是他倆四年來第一次見面。

九月廿七日，「點呼」（傳訊）「證人」姚勇來（後來也擔任明珠的「輔佐人」）、吳珍玉、薛明光。薛明光是介民的堂弟。吳珍玉，福建永春人，父親吳神恩與明珠的舅舅薛天恩是結拜兄弟，吳珍玉與明珠母親亦相熟，明珠長珍玉九歲，故稱她為「珍玉表妹」。珍玉從小與薛天恩的姊妹們相熟，在莆田聖路加醫院高級護校上學時常住薛家，然後與天恩姊妹結伴，從莆田越過白鴿嶺走一整天路回永春的家。她曾在德化、永春等教會醫院服務，來台後在斗六衛生院、台北錫口療養院服務，亦曾短期在基隆市立醫院與明珠同事。吳珍玉後來與明珠福醫同學張元凱結婚。正是因為與薛天恩的姊妹相熟，才會代轉新加坡表弟黃重仁（明珠二姑的兒子）的家信，因而被軍法局傳訊。

十月十二日，提四名人犯審判「辯論」。

十月十三日，「會審」結案，審判官李濃上校宣告審判終結，起訴四名罪犯及判刑。介民要求在會客室見三名子女，十八日再請示轉呈，十月廿四日至廿六日公文上報請准。

十月十七日，審判官「評議」筆錄，主文中出現薛姚判死刑之議。

十月廿二日，判決書起草。

十月廿九日，國防部發文要求延長羈押兩個月。

十一月一日，送達「裁定書」（確立「二條一」叛亂罪。）

十一月八日，下午三時，在國防部軍法處向薛姚宣判死刑判決書。（五十一年度鏡棠字第六十六號判決「涉嫌意圖以非法之方法顛覆政府著手實行事件」。）薛姚同案，但罪名並不相同。薛以軍人身分獲罪，在當時判處死刑並不難理解；但姚作為一名平民女性，從起訴書和判決書上的「罪證」來看，似乎罪不及死。這個極大的疑點，暗示了此案背後當有更多複雜而不得公諸於世的內情，卻不知何年何日才能釐清。

「判決書」主文部分：

「薛介民、姚明珠共同意圖以非法之方法顛覆政府、而著手實行、各處死刑、各褫奪公權終身、全部財產、除酌留其家屬必需生活費外、沒收。

張紹楨、參加叛亂之組織、處有期徒刑十五年、褫奪公權十年。

李和玉、參加叛亂之組織、處有期徒刑十四年、褫奪公權十年。」

十一月十四日，介民、明珠要求延長覆判期限，聘請律師上訴。（十六日，法庭聘林炳康律師：台北市重慶南路一段五十一號二樓後進。）

十一月十九日，核准姚勇來為明珠之「輔佐人」的申請。

十二月十一日，發下覆判之判決書，薛姚覆判「核准」。

當時介民關押在「國防部軍法局看守所」（西所），明珠在「警備總司令部軍法處看守所」（東所，隸屬於保安司令部，有女監）；二所當時都在青島東路三號，今日台北喜來登飯店所在，一九六八年遷往景美新店秀朗橋邊。夫妻分關二所，相隔百步卻不得相見，僅在會審及宣判當日法庭上一同聆聽判刑時，才在分隔四年後初次相見。

十二月十四（十五）日「國防部判決書」對於四人聲請覆判的答覆手寫公文，有一塗改部分：「張紹楨係本案案發前，本部接獲敵後情報謂匪指示潛台匪諜設法探查張紹楨及薛介民姚明珠三人行蹤以資聯絡而破獲……並非薛介民事前檢舉」，底下畫線的字樣被劃掉，改為「依據情報，主動偵查而」。所以改過的定稿是：「張紹楨係本案案發前，本部依據情報，主動偵查而破獲……並非薛介民事前檢舉」。細讀草稿，尤其將改動部分前後字樣對比，才有此重大發現。

同一文件下頁也有：「四十七（一九五八）年九月，本部接獲敵後情報，有薛介民、姚明珠（薛妻）、張紹楨者在南京時，曾受匪諜分子南京空軍醫院醫師林建神之領導活動……匪指示潛台匪諜分子設法探查張薛等下落，恢復聯絡。」

這就更明顯了：一九五八年九月的「敵後情報」當然就是張為鼎提供的。同書中也提出「再李和玉參加叛亂之組織，核非薛介民於首次自白書或調查時主動檢舉，係經調查人員於訊問中發覺者，既非自動檢舉，即與懲治叛亂條例XXX規定要件不符。」

國防部的公文做出了最可靠的證明：在獄中漫長的四年多裡，不計其數的審問逼供，介民沒有主動告發任何人，更遑論出賣。細讀審訊紀錄，但凡被逼問有可能涉嫌同路的人名時，介民舉出的人不是已死就是身在大陸。同案的張紹楨是張為鼎洩漏的（根據「初步偵訊

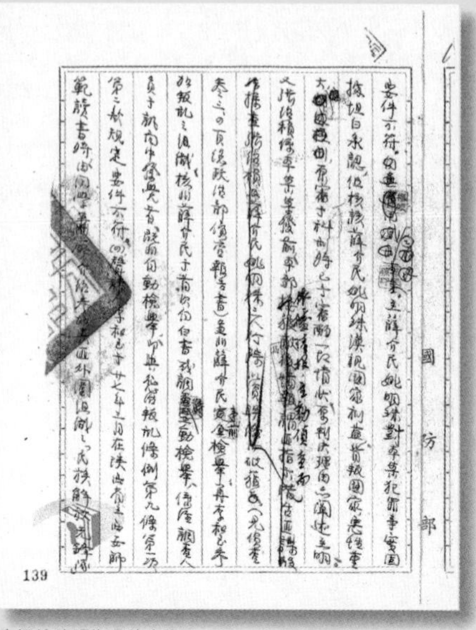
國防部

139

審訊塗改張為鼎的告發。

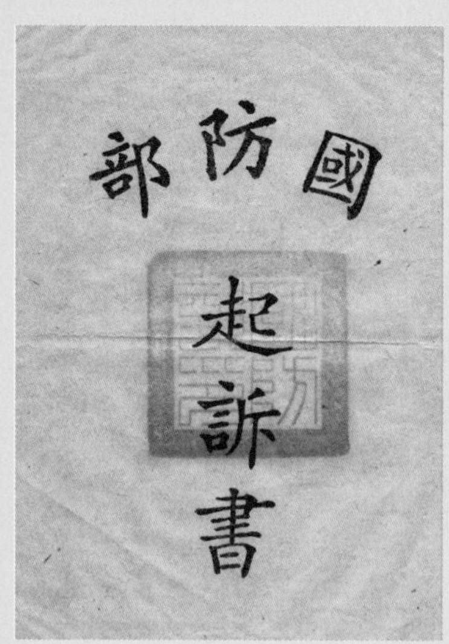

「起訴書」原件封面。

「判決書」原件封面。

報告書」：張為鼎是想要「透過張紹楨之關係向薛介民及薛妻姚明珠聯絡及策反空軍」），但偵訊機構從不提張、羅夫婦這條情報來源，僅稱「敵後情報」；一方面因為還在利用他們進行反間計，另一方面也可以為自己的單位邀功。而李和玉也是調查人員在審訊中發覺的，並非「自動檢舉」，亦非薛介民「主動檢舉」。

「覆判聲請」，張、李被駁回，薛、姚核准。（張紹楨判十五年，一九七五年「減刑」出獄。）

介民、明珠提出要求在一間房間裡一同見孩子，而不是如往常隔著鐵欄杆用話筒通話，獲得允准。一九六二年的深秋，一家五口終於見到了面——父母親見到即將成為孤兒的三個孩子。四年多以來，孩子們見過母親幾次，卻沒有見過父親。這是第一次（他們不知道這也是最後一次）他們同時見到了父母親。但是見面的細節，三個孩子們誰也沒有清晰的印象。（情緒的過於激動，可以烙下難以抹滅的記憶，卻也可能造成選擇性的失憶。）

在介民、明珠被關押期間，三個孩子雖然住在舅舅家，但舅媽無心照料；從明珠的一些信件裡看出，吳珍玉代為打點了許多生活裡的用品，譬如探監時帶給明珠日常需要的東西、為孩子們添置冬衣等等。舅舅對小龍的「管教」介民在獄中就有所聞，曾寫信婉言要求姚勇來不要打孩子，字裡行間看得出他無奈又心疼的心情。做父親的還不知道更會令他心疼的事：孩子上學帶的飯盒，打開來飯菜都是餿的；衣服扯破沒有人為他縫補、沒有錢理髮以致不符合學校要求的「儀容」規定而被處分（後來有一位本省籍的導師，可能感覺到這個男孩的家庭有某種難以言說的困難，便不再過問「儀容」的要求了）；上學沒有搭公車的零錢，就從中正路新生報宿舍的舅舅家，步行一個多小時去學校（大同中學初中部）……。更不用說精神上的磨折：感覺周遭盡是敵意和蔑視，無法啟齒的恐懼和羞恥無時無刻不盤據心頭；沒有朋友、沒有任何一件令一個孩子開心的事物，更沒有一個可以讓他安靜念書的角落。過著這樣的日子，小龍竟還考取了全省最好的高中建國中學，靠的也就是這份倔強吧。但在私下無人的時候，十多歲的孩子會暗暗折磨自己，狠狠地掐自己的手直到疼痛難當——他天真地希望藉由自己肉體的痛苦，換取父母親的平安。

介民和明珠留存下來的獄中家書，每一封上面都有獄方的檢查蓋章，當然是小心翼翼字斟句酌，而且只能報喜不報憂。父母親對孩子們千叮萬囑，不外是要注意身體健康、專心念書、不要擔心父母親；「我們都很好，等爸爸媽媽的事情弄清楚了，很快就會回家的……」這些「甜蜜的謊言」做母親的不知寫了多少遍，孩子們抱著模糊遙遠的美好希望活下去，一天又一天，一月又一月，一年又一年——直到希望徹底幻滅的那一天。

明珠給張元凱夫人吳珍玉的信，多為殷殷叮囑孩子們的生活費用、衣服褲子等等切身的

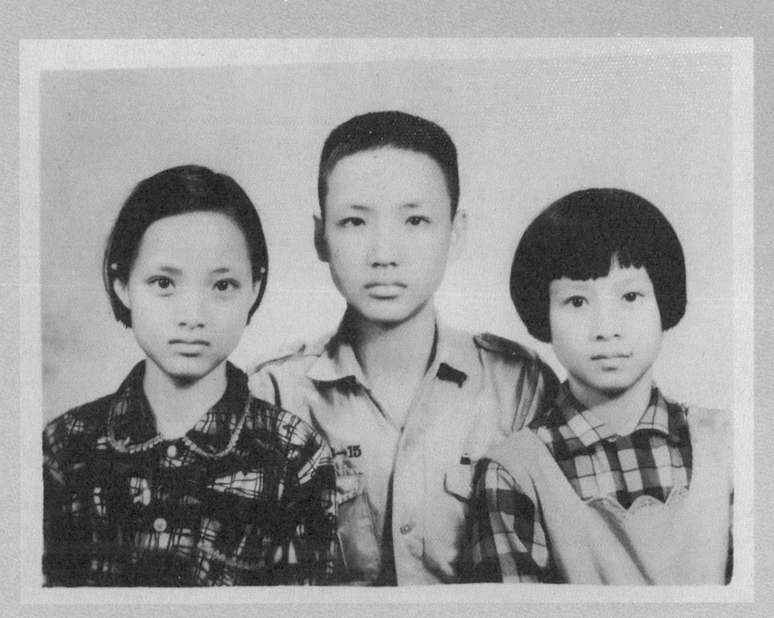

龍、鳳、凰攝於一九六二年秋。父母在獄中。小龍考上台北建國中學不久。

事，唯恐孩子們受飢受凍。在一封十二月十日（年份不詳）的信中她說：「家兄嫂天天上班，家中又無傭人，加上我的小孩麻煩他們，實在他們忙不過來，所以要煩您抽空半天把我的箱翻一翻，把小孩的冬衣、棉衣、大衣、皮夾克、長褲等統統找出來交小孩，以免他們受凍。……」後來明珠還有一信提到：她發現小凰的新大衣是珍玉買的（一定是孩子長得快，舊大衣不合穿了），非常感激。珍玉的愛心對小孩大人一視同仁，她看到明珠衣裳單薄，就把自己的大衣給了明珠。

介民從獄中寫給孩子們的信留下的不多，其中一封日期是「九月卅日」卻沒有年份；字體完全不同於他當年給明珠的情書：他用了極工整端正的書法寫這封家書，而且用詞遣字非常簡單，口氣就像對年幼的小孩。我想這是由於他在獄中好些時日都沒有見過兒女，不知他們長大了、字也認得多了；做父親的唯恐字體潦草用詞深奧，孩子們會看不懂：

龍鳳凰愛兒：

昨天上午，龍、凰兒都上學去，鳳兒在家，送來月餅收到了，謝謝你們愛爸爸的心，其實，這裡也可以買到，我想你們也給媽媽送去月餅，媽媽也愛你們。

爸的身體平安。

爸爸總是希望你們三個小孩，注意吃飯吃菜，一定每頓都要吃好。功課自己先分配好，休息一下再做，做完就可以玩了。要聽姨姨她們的話，出門上學小心汽車，三個人要互相愛護幫助，不可隨便跑出去，要乖，要做好孩子。

願　上帝保佑你們平安快樂

你們的爸爸寫的　九月卅日

很感激這幾位先生替我們帶信，他們都很好，你們要向他們說謝謝，應該有禮貌。

十月一日起時間改了，你們要注意早睡覺，多睡一會兒。

龍兒，你把這信念給鳳、凰妹妹聽，有空請回信。

我推測這封信的年份，除了一九五八年剛入獄半個月、不可能寫這樣的信之外，五九、六一和六二三年的中秋節分別是九月十七、九月廿四和九月十三日，到了九月卅日節日早過了，可能性很低。而且信裡提到十月一日改時間（夏令改為冬令），一九六二年台灣已經停止改時間。剩下的只有一九六〇年，中秋節是十月五日，一週前送月餅很合理。那時介民、明珠入獄已經超過兩年，這是他們第三個無法團圓的佳節，孩子送來月餅，雖然見不到面，對獄中的父親依然是極大的安慰；也看得出明珠關在另一個地方，過節兩人也無法通親愛的三愛兒：

你們都很健康嗎？為什麼不給媽寫信來，媽日夜在盼望您們的信。我們很快就要回家來了，您們要忍耐等待，不可以心急，更不可以哭啊！多多禱告上帝，并聽大人的話，做個乖孩子，媽回來會給您們獎品，看誰最乖！

自己注意穿衣吃飯，功課要用功，月考了沒有？成績如何？

小龍卡其衣褲已穿破，去年的毛褲全破了。

您們有什麼需要可告知大人。

祝

主保佑您們平安！

您們的媽媽寫

十、廿三

慈母的獄中信。

親愛的龍鳳凰兒：

您們身體都好嗎？凡事要聽從大人的話，

爸媽的事情很快就會弄清楚，不久就會回家來的。您們一定要乖，要忍耐等待。不可以心急，好好用功讀書。天天禱告上帝施恩給您們！

爸媽身體都很好，在這裡生活一切也很好，您們不用掛心。只要您們平安，我們就會快樂。

主賜福給我家！ 請回信來

您們的媽媽

慈母的獄中書，安慰孩子不久就會回家的甜蜜「謊言」。左上方有獄方檢查章及日期。

珍玉表妹：家兄及小孩常常使你們看顧，無任感激，當俟面謝！

家兄嫂天天上班，家中又無傭人，加上我的小孩麻煩他們，實在他們忙不過來，所以要煩您抽空半天把我的箱翻一翻，把小孩的冬衣、棉衣、大衣、皮茄克、長褲等統統找出來交小孩，以免他們受凍。若長褲需要添置的，也請代補充一下，空軍薪餉是照發的，一定要去領來，可以減輕家兄的負擔。小孩們的用款，請您一定記帳，麻煩您們已經太感謝了，千萬不能增加您們的負擔。我的大衣、西裝褲也請代找出來，請送兩条給我穿呢，布匹。薪餉若領到請送壹百元給我們零用。其他各項上信已經告訴家兄，家門拜托您向家兄商量。

上主常常與我們同在！保佑我們！

表嫂同此不另

明珠上

十二、十日。

明珠給吳珍玉的信，年份不詳，日期是十二月十日，正值隆冬。

十月一日起時間改了，你們要注意早睡覺，多睡一會兒。
龍兒你把這信唸給鳳凰妹妹聽，有空請回信。

龍鳳凰
愛兒：
很感激這幾位先生替我們帶信，他們都很好，你們要向他們說謝謝，應該有禮貌。
昨天上午，龍、凰兒都上學去，鳳兒在家，送來月餅，收到了，謝謝你們的愛爸爸的心，其實，這裡也可以買到，我想你們也給媽媽送去月餅，媽媽也愛你們。
爸的身体平安。
爸爸總是希望你們三個小孩，注意吃飯吃菜，一定每頓都要吃好。功課自己先分配好，休息一下再做，做完就可以玩了。要聽姨姨她們的話，出門上學小心汽車，三個人要互相愛護幫助，不可隨便跑出去，要乖，要做好孩子。
願
上帝保佑你們平安快樂
你們的爸爸寫的
九月卅日

一九六〇年九月卅日，介民寫給孩子們的信。

音信。如果這個年份的推斷正確，那麼這封家書就是那兩年零兩個月的「黑洞」時期裡唯一留下的紀錄。當時小龍十二歲多，小鳳小凰分別是十歲多和八歲多。

介民在獄中曾翻譯英文《日本武士》一書，手稿三十三冊，擬交姚勇來刊於《自由談》或《拾穗》雜誌，賺取稿費給孩子。（有請示總政治部審查內容的文件，答覆兩點：一，有「誇揚」日本武士道之嫌；二，二次大戰日本空軍與盟國作戰情形現已無參考價值。故不予刊登，手稿發還。）

一九六二年十二月廿四日，「國防部軍法局」俞大維、彭孟緝「為覆判薛介民等叛亂一案」以極秀麗的毛筆字「簽呈」總統。（這件國防部軍法局的「機密文件」，在民國九十年〔二〇〇一〕八月十八日由「國家檔案局」正式蓋章註銷了「機密等級」，家屬可要求查閱及光碟拷貝。）

十二月廿九日，張群、周至柔又以工筆書法將原件及判決文件呈上總統「鈞核」，次年一月十九日批「照准，中正」。

一九六三年一月九日，監察委員丘念台先生致國防部「參謀總長」彭孟緝函件，要求將薛姚「請設法賜予減刑」。（彭於一月十九日傳達；一月卅日回函「該案業經判決確定」；二月五日，軍法覆判局長汪道淵親自赴丘委員的寓所「說明」，丘念台「表示了解並致謝」。）

丘念台（一八九四—一九六七），祖籍廣東，其父為台灣先賢丘逢甲。少年時即加入同盟會，青年時代赴日本留學，學成回國後先是投入抗日救國，抗戰期間成立「東區服務隊」，號召訓練愛國青年作為協助抗戰的基幹。赴陝北考察時曾見到毛澤東、周恩來等人。抗戰勝利後到台灣處理接管安撫救濟的工作。一九四六年八月，發起組織「台灣光復致敬團」赴南京獻金撫卹先烈家屬、致祭國父，並到陝西祭拜黃帝陵。在國府擔任監察委員、資政、國民黨中常委。何以要出面為薛姚說情，現今已經無法得知緣由了。若不是查閱檔案，怎會知道當時還有這位仗義人物；家屬也無從向他致謝。人間難以追溯的錯綜情緣，又豈止這一樁？血淋淋的事件後面有多少直接間接的劊子手，但也有暗中默默伸出的援手。

【注釋】

①台北市西寧南路三十六號的保安司令部「看守所」，前身是日據時期的建築「東本願寺」，一九二八年建於台北市壽町二丁目五番地，原為木造建築，一九三〇年遭大火焚毀，一九三六年在原地重建，外觀為印度建築樣式，內部仍為日式風格。光復後被保安司令部占用，成為保安司令部保安處看守所所在地，作為監獄用途，地下一層、地上三層，關押眾多政治犯。一九五〇年代的東本願寺一樓有四排牢房，左右各兩排。每間約三坪大，每間需容納二十人。獨囚房是東本願寺的特色之一，每間長約六尺，寬約三尺，比走廊高出半公尺，空間狹窄昏暗。看守所環境惡劣，牢房擁擠，臭氣難聞，蚊虱猖獗，刑求嚴厲，早期甚至私下殺害政治犯。一九五八年五月，陸軍總司令部將戒嚴業務轉移到新成立的警備總部，遷至東本願寺，將「台灣防衛總司令部」、「台灣省保安司令部」、「台灣省民防司令部」及「台北衛戍總司令部」合併編成「台灣警備總司令部」，即「警總司令部保安處」。該處於一九六七年遷出占用的東本願寺，國有財產局將該地公開標售，東本願寺遭到拆除，在原址蓋了獅子林、來來百貨和六福三棟商業大樓。原看守所則移到博愛路上的保安處本部。現址為獅子林商業大樓、六福西門大樓、誠品武昌店，原本的警總建築已經全部拆除。

第八章

「假如我為了真理而犧牲」

一九四〇年代，二十多歲的青年介民書寫他的自傳體小說，書名暫定為「假如我為了真理而犧牲」，最後一章的標題就是「我的犧牲」。當時他心心念念想的「犧牲」多半是藍天碧血、敵人的砲火之下，怎會料到是自己的國土上的刑場！

明珠在一九四一年給孫坤榕的照片後面，有這樣的題字留言：「我寧願跟真理做個小鬼，而不願跟虛偽攜手，做個安琪兒！」二十四歲，芳華正茂的女子，誓言追隨的竟是「真理」這兩個字。

真理。真理。高過他們的生命，甚至高於他們最最愛的兒女？

在最後的日子裡，介民在一本小冊裡寫了叮囑孩子們的話語，小龍有印象看見過，可惜後來找不到了。只留下一頁紙片，介民在上面寫下三兄妹的出生年月日和地點、祖父母和外祖父母的姓名，還有當時爸爸媽媽的歲數。……未來難料，焉知孩子們會不會流落天涯海角，往事難追，但願這幾個名字和日期，能夠永遠鏤刻在他們的記憶中。（也是從這裡，我找到明珠只比介民小一歲的證據。）

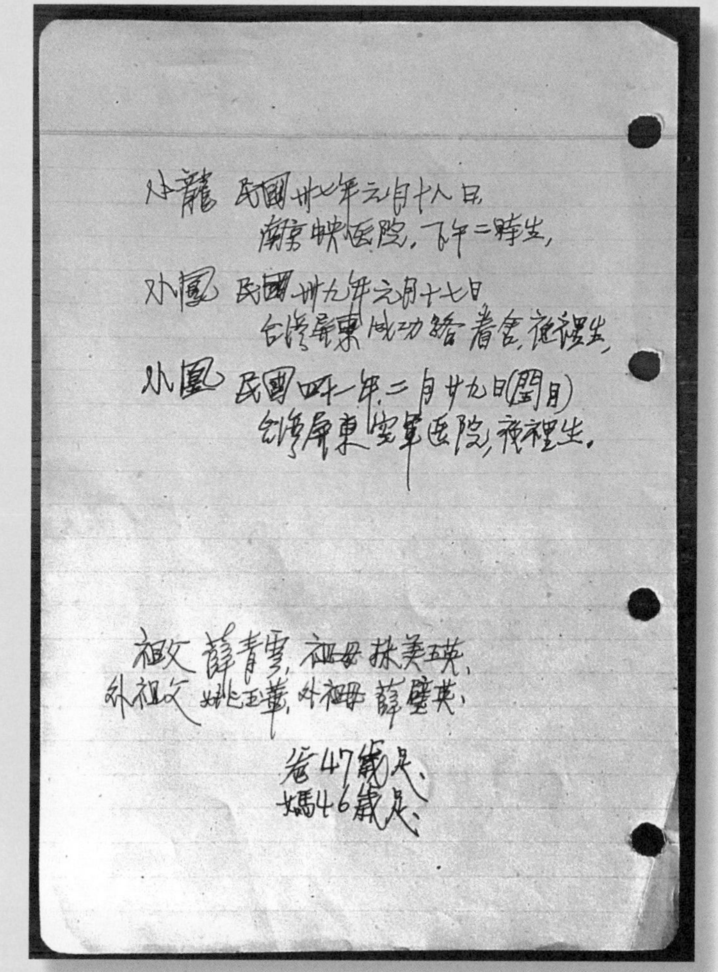

小龍 民國卅七年元月十八日
南京中央医院，下午二時生，

小鳳 民國卅九年元月十七日
台灣屏東成功路眷舍，家裡生，

小凰 民國四十一年二月廿九日（閏月）
台灣屏東空軍医院，夜裡生。

祖父 薛青雲，祖母 林美瑛，
外祖父 姚玉華，外祖母 薛璧英，

爸47歲足，
媽46歲足，

介民給孩子們的備忘錄。

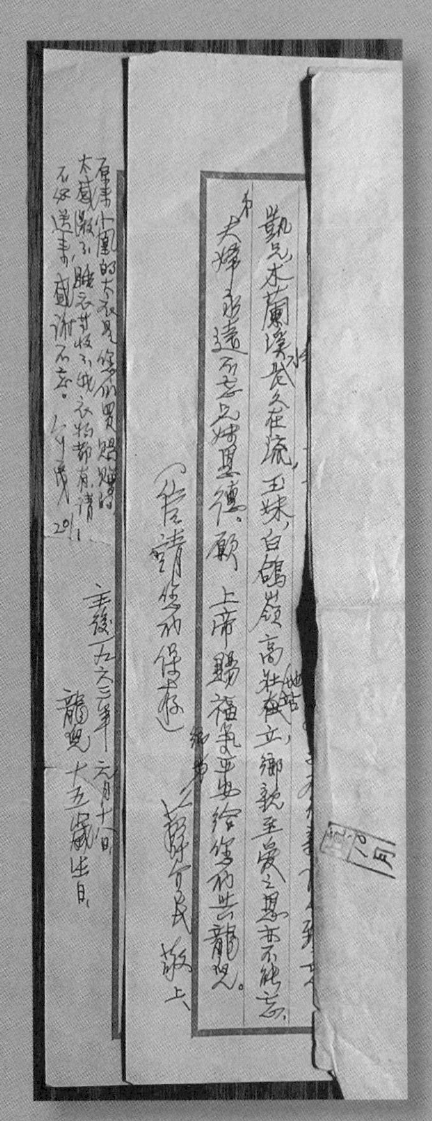

勤兄木蘭溪長久在流，玉妹白鴿嶺高壯屹立，鄉親至愛之恩永不能忘，
大嫂永遠不忘兄嫂恩德。願 上帝賜福氣平安給您們兩龍兒。
（您請您們保存）
弟 蘇介民 敬上

主後一九六三年 元月十八日
龍兒 大五歲生日

介民遺言：白鴿嶺、木蘭溪。

一九六三年一月十八日，被宣判了死刑的介民提出要求覆判。

那天是兒子小龍十五歲生日。介民在給張元凱、吳珍玉的信中寫下這段話：

「凱兄，木蘭溪水長久在流，玉妹，白鴿嶺高壯地站立，鄉親至愛之恩亦（永）不能忘。弟夫婦永遠不忘兄妹恩德，願　上帝賜福氣平安給您們共龍兒。（信請您們保存）鄉弟薛介民敬上。主後一九六三年元月十八日，龍兒十五歲生日。」

雖然要求覆判，介民和明珠已經做出最後的準備。在小龍生日這天致張元凱、吳珍玉夫婦的這封信，不僅是正式的「託孤」，更是借鄉親——家鄉的山水象徵，抒發他最終的懷抱：「木蘭溪水長久在流，白鴿嶺高壯地站立，鄉親至愛之恩永不能忘。」

一月廿一日，國防部判決書（覆判）發出，維持原判。「總統」「代電核定」。（一九六三年一月份的「蔣介石日記」未提及此事。）

一月廿三日接到覆判判決書，同案張紹楨、李和玉在「受送達人署名蓋章」欄都簽了名，但介民、明珠只是按下指紋。估計是拒絕簽名而被迫按指紋，不似普通的輕輕一按而顯示的指紋，而是一片殷紅如血。

一九六三年一月卅一日（農曆正月初七，星期四）早晨七時，介民、明珠在台北縣新店鎮安坑刑場就義。據說政治犯行刑都在星期二和星期五，可能那只是馬場町的慣例，安坑另有自己的規矩。當天早上六時半提庭、驗明正身，由憲兵第二〇一團執行槍決。國防部並以最速件發文台北市政府社會局，請派工前往安坑刑場收屍埋葬，副本送市立殯儀館。

參謀總長彭孟緝發文，國防部密令軍事檢查官王化歐上校，於當日上午六時半到軍法局將二人提庭驗明正身後，交由憲兵二〇一團押赴刑場執行槍決，並蒞場監刑具報。

執行前的慣例手續，問明珠「姓名年齡住址等」，俱答。問「你最後有何話說」，不答。問「你還有什麼遺囑嗎？」答「我的兒女交給國家撫養。」

問介民「姓名年齡住址等」，俱答。問「你最後有何話說」，不答。問「你還有什麼遺囑嗎？」答「我的遺體送給國防醫學院。我有活頁本一冊請交給我的內兄姚勇來，並請他盡量不讓子女知道已經執行了，並請他照顧。」（「活頁本」後來下落不明。）

介民最後要求（一九六二年耶誕節提出）：「一，執刑前請准其夫婦作最後見面。二，執刑前請准派牧師作最後禱告。三，執行後身體捐國防醫學院解剖研究。」僅第一項允准，第二項「於法無據」，第三項因過去都是由家屬領回殮葬，「未便由本局送國防醫學院處理」，皆駁回。

七時三十分執行完畢。八時報告表稱中彈數：介民五，明珠三。

生前最後的照片裡，介民神情平靜自若；而明珠照相的那一瞬間，卻捕捉到她悲憤激動的表情。這個年方二十就奔赴革命，承受了監獄和酷刑、九死無悔的女子，在那個時刻的情緒流露，只有一種解釋：她的唯一放不下的牽掛——不是唯一，是三個；身為三個孩子的母親，想到這一腳跨出之後天人永隔，從此再也無法保護照顧她風雪嚴冬裡的弱小幼雛，獄中尚且日日夜夜擔心他們挨餓受凍，她走後孩子們的命運更不可知……任是再怎樣情懷壯烈的女子，那一刻也難以自持了吧。

哥哥姚勇來即來認定，並申請領回遺體送去殯儀館。介民、明珠都不約而同在遺言中提及：死後捐贈遺體供醫學院解剖研究，及捐贈眼珠等，均未被採用。

二月一日上午十時，三名子女在台北市立殯儀館見到不再有生命的父母親。孩子們是舅父舅媽帶著去的。張元凱夫婦也去了。是不是該讓孩子們看到父母親的遺體，長輩們是有過顧慮的；最後還是張元凱從醫生的心理學角度，認為應當讓孩子親見、面對、告別，才不會有一生的懸念。

兩具冰冷的屍體，躺在冰冷的石板上。孩子看了，連眼淚都流不出——人世間最深徹無底的恐怖和絕望，是連眼淚都被閉止住了的。

父母親的遺體旋即入爐火化。焚化成灰之後，小龍聽見一名焚化爐的員工說：「那男的

（指介民）身體壞透了，骨頭全鬆了。」

從殯儀館出來，三個孩子走在台北市的馬路上；才是大年初八，農曆年慶典的氛圍還未消失，行人和家家戶戶好像還在節日團圓歡樂的氣氛裡。三個孤兒，哥哥走在中間，兩個妹妹各一隻小手放在他外套兩側的口袋裡。他多希望自己有能力給妹妹們更多的溫暖，然而他才十五歲。他真是等不及要長大。

二月廿六日，俞大維、彭孟緝又發「簽呈」附上薛姚生前死後照片各一張，兩人共四張，請總統過目。

介民和明珠的骨灰盒，安放在台北市中正路的善導寺。

當時小龍就讀建國中學高一，被張元凱吳珍玉夫婦收養。張元凱小介民兩歲，福醫第五屆畢業，是明珠的學弟；而吳珍玉曾因代轉信被提訊，但依然沒有畏懼的照顧這一家人。

原本小龍是要由舅舅舅媽姚勇來、沈媛璋夫婦收養的，但舅舅嫌他性格倔強，寧可收養性情溫順的小鳳。這個男孩，結果由最有愛心的張元凱夫婦收養，是他人生最幸運的轉折。他不再需要像兩個妹妹那樣，輾轉於一個又一個寄養人家，每過一陣、不知多久，就要適應一個新的寄養家庭、新的「家人」和那家的傭僕（有的傭人嫌小孩多事，對她們相當刻薄）、新的學校新的環境……，頻繁的遷移和適應，對於一般成人都不是容易的事，何況是孩子，更何況是甫經喪亂傷痛的弱小心靈。

除了舅舅家，小鳳與小凰也曾經暫時寄養基隆余流水、周淑安家；余、周兩人皆為福醫第四屆，也都是醫師。小鳳多半時候還是住舅舅家，直到舅舅舅媽也出事——這是後話了。小鳳亦曾住乾媽陳素瓊（亦為福醫四屆）家中，但陳後來移民法國；她短暫寄居明珠舅舅薛天恩剛從美國回台灣的兒子薛國航家，後來她考上東海大學，張元凱為她出了學費和充足的生活費，然後決定還是收養她。小凰先是寄居基隆余流水、周淑安家，最後薛天恩在美國的長女薛靜山收養了小凰。

二月十三日，軍法局將《日本武士》譯稿、原書及覆判判決書發給姚勇來。

五月十三日，空總公文建議國防部發還薛姚信義路遺產給子女。「判決書」中是規定「全部財產、除酌留其家屬必需生活費外、沒收。」但之前（二月十二日）姚勇來曾代子女陳情要求保留信義路房產。空總四月十八日函國防部軍法局，將房屋發還交予子女監護人姚勇來負責租賃，每月租金一千元，作為子女生活教育費用。事實上，家中僅剩下少量衣物日用品，診所藥品經過幾年擱置已腐蝕霉爛廢棄；且尚欠下債務。房屋尚欠大筆貸款及稅金，即使不被沒收也難以保有，據說後來只好以極低價錢賣出，子女還是一無所有。

一九六三年六月一日，空軍十一大隊上尉飛行員徐廷澤駕F-86F從新竹起義飛福建龍田軍用機場。

自一九四九年四月十七日起至一九八九年二月十七日，共有二十二起從台灣地區（包括金門）駕機起義事件。其中七起由岡山起飛。

一九六五年秋，小龍考入台灣大學理學院動物系就讀。在張元凱、吳珍玉夫婦慈愛的呵護之下，這顆飽受創傷的少年的心漸漸療癒，在大學裡專心求知，開始了他對生命科學的興趣和追求，並且奠定了他成為一名科學家的終身志業。

同年十二月，小凰赴美，成為明珠舅舅薛天恩長女薛靜山的義女。靜山住在美國賓州費城，丈夫姓林，是一位醫生，有兩個比小凰略小的男孩。全家都是虔誠的基督徒。在那裡，小凰從頭學英語、上初中。林家全說英語，小凰很快就「忘記」了中文——也許是一種有意的遺忘，將童年慘痛的夢魘隨著母語一併清除到記憶之外。

一九五六年十一月廿六日，國民政府大法官會議「釋字第六十八號」明定：「凡曾參加叛亂組織者，在未經自首或有其他事實證明其確已脫離組織以前，自應認為係繼續參加。」這項釋文成為特務機關逮捕政治犯的利器。一九六六年四月廿四日，明珠兄嫂姚勇來、沈嫄璋被捕，罪名是當年在福建加入「匪黨」未自首；其實是被牽入《新生報》和調查局，甚至軍統、中統的派系鬥爭，原調查局三處的處長蔣海溶、副處長李世傑的案件；而陷人入罪的藉口和手法便是這條釋文。沈嫄璋於八月十六日冤死在調查局。局方聲稱她是自殺身亡，但在嚴密監視的獄中絕無可能自殺成功，況且死亡跡象亦非局方所稱的「自縊」，而是身體遭到致命傷害，極可能是酷刑致死的。由於沈嫄璋是有名的女記者，她的入獄和猝死一直有許多揣測和說法；而《新生報》的血腥冤獄，牽連之廣之慘，也是當年的大案。次年一月，姚勇來移送到青島東路警總軍法處看守所後，才被允許寫信告知三個女兒她們母親的死訊。姚勇來判十五年（因被迫「證明」妻子是自殺的，而得以免一死），十年後「大赦」出獄，身心俱傷，任大樓看門員，九〇年代初鬱鬱以終。

舅舅舅媽出事時，小鳳還住在他們家，又一次經受了家被抄、人被捕的驚恐。這時張元凱夫婦又伸出慈愛的援手，悉心照顧小鳳。飽受顛沛流離之苦的小鳳，就像將枯的小苗受到了陽光雨露的滋潤，以優秀的成績考上東海大學，出落得與她母親當年一樣苗條秀麗。

在台大念書的小龍，住在義父張元凱醫師家中，「康德診所」後進的一個小房間裡——那正是多年前明珠在「康德診所」兼職時照看婦產科病人的地方。物是人非，他只能搜尋模糊的記憶，想像當年母親在這裡留下的話語和痕跡……。雖然就讀的是號稱學術風氣自由開放的台大，但在那個戒嚴年代，他的身世在一般人眼中是如瘟疫般避之惟恐不及的，所以他只是潛心讀書，涉獵除了本科之外的人文書籍，寫一些文學和思想性的文章投稿給校刊雜誌；大三那年還擔任了《大學論壇》雜誌的副總編輯。當時我在歷史系就讀，也給雜誌投稿，因此與他結識了。其實在見到他之前我就已讀到過幾篇他的文章，知道是出自於一個理學院的學生，不免另眼相看。認識之後，我覺察到這個男孩有一種孤傲倔強和落落寡歡的氣質，後來才知道原因。在斯時斯地，他的出身背景對於他未來進入社會就業、交女朋友、結婚……種種人生大事，都是難以跨越克服的天塹，除非永遠離開這個地方。我會與他交往，令他難以置信竟然有女孩子「傻」到不在乎這些。

那是二十世紀自由思想風起雲湧的一九六八年。在當時台灣戒嚴年代封閉的環境裡，像不少年輕人一樣，二十歲的我熱情、好奇、困惑，時時在尋求一些答案，憧憬著廣闊的知識世界，吃力地思索著「人類的幸福和前途」之類的大問題。這時這個動物系的男同學給我看一本英文「烏托邦」小說*Brave New World*。我正好剛讀過《一九八四》，也約略知道一些有關「負面烏托邦」的理論，看到這部充滿典雅的人文關懷與繁複的科學想像、又具有引人入勝的情節和瑰麗場景的文學作品，自然一讀就為之驚豔而不能釋手。當時這本書在台灣還沒有中譯本，我們兩個不知天高地厚的大學生，就決定把這本經典文學作品翻譯出來。整個大四那年，我倆的課外時光就在合作譯書中度過；畢業前夕這項工作也完成了，書名定為《美麗新世界》，一九六九年在台北初版，其後再版不計其數；二〇一三年北京燕山出版社出了修訂版。

一九六九年夏，小龍台大畢業，依法服兵役一年。出乎我們意料之外的，他竟然被選上當憲兵，還擔任副排長！台灣青年服兵役能當上威風的憲兵，多半是有「背景」的子弟的特權，他怎能當上憲兵始終是個謎。那一年的軍中生活，他每一分鐘都在神經緊繃的狀態，夜裡睡覺也不安穩，唯恐說夢話被同寢室的人聽見，洩漏了「匪諜兒子」的身分。有兩次任務對他是極困難的考驗：一次是要他帶上一小隊伍執行槍決人犯，還好後來取消成命，如果真的親赴現場，難說會不會崩潰。另一次是蔣經國從美國回來，小龍的連隊奉派去松山機場擔任接機護送的任務。小蔣那次赴美，在紐約遭到黃文雄、鄭自才刺殺，倖得逃命，驚魂未定，警備特別森嚴。當他近距離看到小蔣，舉槍射擊的念頭揮之不去。但他知道：自己腰間的槍枝，第一顆子彈是空包彈，他射出那一槍，對方安然無恙，自己則會立刻被制伏在地，然後無數無辜的人都會倒楣。他把汗涔涔的手從腰間撤開了。

小龍以優異的成績獲得美國普度大學全額獎學金。一九七〇年九月，身上帶著張元凱夫婦給他做盤纏的兩百元美金（一個月後他收到第一張獎學金支票時就把這筆錢寄回去了），

憲兵少尉副排長，一九七〇。

與我一起離開台灣赴美留學。他怎能安度層層關卡出國，就跟當上憲兵一樣，也始終是一個謎。我們上機的那天，他極度緊張、惴惴不安，深恐無法過關出境，或是在登機的前一刻被攔下來；甚至飛機發動了，卻因為機上有不該走的人，而繞回跑道停機開門逮人……在當時的台灣，這樣的事情不是沒有發生過。直到飛機上了藍天，看著窗外的白雲，他才鬆一口大氣，對我說：「龍歸大海！」一年底，我們在印第安納州結婚。婚後發現他睡覺時習慣用被子蓋住頭，即使在大熱天也是如此。直到過去好一段日子，也是身在國外漸漸遠離了那深沉的恐懼，才不再睡覺時把頭埋在被子裡了。

一到美國，趁著開學之前的幾天空檔，小龍特意去到費城看望小凰。小凰剛從高中畢業，養父母已經為她申請到離家不遠的一所聲譽甚佳的私立大學的入學許可。但出乎大家意料的，小凰卻在開學前夕向家裡宣布：她不要上大學了，她要結婚，然後立刻跟著丈夫去南美洲。原來小凰在暑期基督教青年夏令營裡，認識了一位姓凱利的、大她八歲的白人教士，這人很快就要去南美洲哥倫比亞的叢林對土著傳教。凱利向她求婚，要她現在就嫁給他，然後立刻隨他一同去南美；他說：否則他不知道自己幾時才會回美國，可能永遠再也見不到彼此了。

兄妹五年之後在異國重逢，還感覺彷彿如夢的小龍，被這個不亞於炸彈的宣告炸得六神無主。他苦苦勸告小妹，不要這麼衝動做下這麼大的決定，要她先上了大學再說，凱利如果真愛她一定會回來找她的，兄妹好不容易團圓怎能又再離散……訴之以理動之以情，說得口乾舌燥，無奈小凰的個性顯然也傳承了家族的固執倔強，絲毫不為所動。最後做哥哥的只好跟重聚才兩三天的妹妹道別，他去中西部的印第安納州上學，她去南美洲的哥倫比亞，從首都波哥大走不知多遠多久的路，去到一個根本不知其名的荒野叢林裡，過著沒水沒電近乎原始的生活。兄妹之間還是保持通信，雖然一封信要走好長的時間，而且小凰只會用英文寫信了。

適逢一九七〇年底開始了台灣留學生在海外發起的「保衛釣魚台」運動。這個有「海外五四」之稱的保土愛國運動，起因於美國將歷史上原本屬於中國、鄰近台灣的釣魚台列島，與琉球群島一併私相授予日本，而國府不僅吞聲屈從，甚至對得知之後發起抗議活動的愛國學生加以打壓。許多學生自此對民族主義有了進一步的體會，開始試著認識那個曾經是最大的禁忌的中國。小龍和我也參與了保釣運動，同時開始了重新認識中國的探索。在一個不存在政治禁忌的自由土地上，我們如飢似渴地閱讀從前無法接觸的書刊，試著去了解自己父母親那一代人的真實的歷史背景，閱讀那些可能是啟發了他們理想的讀物、那些可能影響了他們的思想和抉擇的人物和事蹟；更希望有一天能夠踏上他們走過的土地山川，去明白發生在他們命運裡的真相。

台灣這邊，出賣者的故事竟然還沒有完。一九七〇年一月十四日，國防部會同總政戰部組成專案，再度逮捕張為鼎、羅秀雲夫婦，並「偵辦澄清寇新亞涉嫌部分」。十九日，會同總政戰部第四處成立「捕鼠二號專案」，一月廿三日，保安處將「涉嫌人」張、羅夫婦及寇新亞逮捕，寇的妻子亦扣送空軍總部併案偵理。

文件中指出：張、羅夫婦當年「有運用價值，遂奉准對匪進行謀略運用……迨至本年初，本案運用成效日差，雖經本部一再設計刺激匪方，終無具體反應。」結論是：「咸論以交付感化為宜。」五月廿七日，總政治作戰部簽請依法裁定將張、羅夫婦「交付感訓三年，偵訓期間，應嚴加考核，並視需要延長感訓時間。」從一九五八到一九七〇年，這對夫婦被驅用了漫長的十二年，終於「運用成效日差」而不再有利用價值，但在棄之如敝屣之際還是要「交付感訓」，而且有需要的話隨時可以延長感訓時間。

至於寇新亞，就沒有張羅夫婦那麼「幸運」了。「綜合研析」文件說他「檢舉動機，用心取巧，因已被空總偵查在先，誠恐與張接觸再被發現後果嚴重，在畏罪僥倖心理下，作此犧牲張匪保存自己打算，提出檢舉。對其本身做為匪身分始終未曾坦白，顯屬另有用心。」

次年（一九七一）六月控寇「以非法方法顛覆政府並著手實行」的罪名判處十二年有期徒刑。寇大概想不到還會「回鍋」，不服上訴；更想不到的是上訴的結果更慘：一九七二年二月竟以「叛亂罪」被宣判死刑！寇喊冤稱：「（再次被捕）當時被告夫婦仍在國防部總政戰部直接指導下工作，原有線路綿續未斷，而據保安處稱該線路已無效用云云，殊屬耐人尋味。」

寇想繼續效忠，便指出：「國防部總政戰部」的線路其實還未斷，但「警總保安處」卻認為該線路已經無效；這番話在「上面」看來，是意指兩個機構對調查路線是否仍然有效的看法不一致，誰對誰錯，豈容他來指點甚至挑撥？狡兔死，走狗烹，何「耐人尋味」之有？寇當時的告發出賣固然出於怯懦和無奈，但後來下場如此悲慘——自身被判死、妻子受到連累、兒子發瘋……家破人亡，恐怕也是他始未料及的吧。

一九七〇年，介民的母親在福建家鄉亡故。從一九四六年介民回鄉結婚然後離鄉，她就再也沒有見到過這個兒子了。至於這個隔著一道海峽卻比天涯更遙遙的兒子，七年之前就已經離開人世，恐怕她也並不知情。

一九七二年，美國總統尼克森訪華，標誌著自一九四九年以來中美兩國相互隔絕的局面終於打破，「中國」不再是禁忌，在美國的華人留學生開始思考認識、甚至親赴中國參訪的可能。一道隱隱的光亮在地平線出現。「大陸」不再是一個巨大的、遙不可及的黑洞甚至人間地獄，如同在台灣時嚴密的反共教育所灌輸的印象。對於我，那是我的文學源頭，出國後我讀到了在台灣是禁書的中國近現代文學作品，我希望能夠親見親炙那個文學「斷層」，那些原只是文學史（甚至在台灣被禁的版本）上的名字。加上由於參加「保釣」，我倆都上了國府黑名單，不知何年才能再回台灣，我對於踏上大陸土地的心情尤為迫切。

一九七七年秋天，我首次回大陸，開始我的尋根之旅——是我一歲時在襁褓中離開之後第一次踏上那片土地。在尋訪親人和文學原鄉的同時，我也試著打探有關我的公婆的事。通過「中旅社」探問，卻未獲任何結果。次年秋天，小龍也首次回大陸，那時他已是美國聖地亞哥加州大學的助理教授，與中國科學院進行學術交流（之後的四十年間，他為中國的科研貢獻所學，培養了許多人才，包括中國科學院院士）。但同樣的，他探問父母親的事依然未能得到任何答覆。其實他要知道的問題很簡單，但想要得到答案又非常困難：父母親是像許許多多台灣白色恐怖的受難者那樣，是冤枉的嗎？據他對父母親的了解，以及我讀到的父親的日記筆記，他們都是有理想有正義感的人，極有可能是為了理想求仁得仁。那麼，他們究竟是什麼人？他們究竟做出了什麼？這件事情的真相若是無法得知，不僅做子女的於心難安、自身遭受的苦難無從申訴，而父母親的在天之靈，更是無法得到安慰。

一九七九年元旦，《中美建交公報》正式生效，中美正式建交。

十月，我再次回中國大陸。長期負責中共中央對台工作的中央委員、人大常委羅青長，竟然在北京接見我，請我在他的辦公室喝茶吃點心；我卻仍然未能從他那裡獲得任何關於薛姚事蹟的片語隻字。這次「接見」讓我隱隱感到：自己的公婆可能並不是「冤枉」的，但至少目前還沒有任何人或單位會出面作證。「真相」依然遙不可及，而且似乎更難企及了。

（關於羅青長：一九七五年十二月廿日晨，病危的周恩來提出要見羅青長，工作人員請示中共中央政治局時，「四人幫」尚未起床，遲無答覆。時任國務院副總理的鄧小平聞訊當即表示：「這個時候了，總理要見誰，就見誰，不用請示！」羅青長趕到醫院，周恩來說：「青長同志，我的時間不多，咱們抓緊時間談工作吧。」聽完羅青長有關台灣工作的匯報後，周恩來囑咐：「不要忘記那些為人民做出過有益事情的老朋友……」隨後周恩來陷入昏迷。再度甦醒後，周恩來對羅青長說：「我實在疲倦了，讓我休息十分鐘再談。」直到下午一點多，周恩來又甦醒，但是神志已不太清楚。羅青長不得不退出，他也成為周恩來最後召見的人。）

之後我去福州，見到仁民伯父、坤榕伯母及薛家的堂弟和堂姊妹們。當時距離文革結束僅只三年的時間，感覺人們的情緒仍然壓抑，跟伯父伯母並未能傾情談心。（我也還不知道那些以伯父的名義、寫著「肖釗」名字的致命「家書」的存在，所以沒有機會向伯父探問這些事。）整體印象是物資明顯匱乏，年輕人上中學時就都「上山下鄉」，沒有機會接受高等教育，心情極不舒暢。剛退休不久的伯父，原是外科主治醫師，雖然早年曾響應「抗美援朝」赴前線擔任軍醫，文革時還是逃不過浩劫，被冠上「反動學術權威」的帽子，受到掃街、敲鑼公告自己「罪名」的種種羞辱。更可笑的是紅衛兵搜家看到介民的軍裝照片，以為是仁民，硬說他偷偷當過「蔣幫偽空軍」；及至發現他們有親人在台灣，更是坐實了「特務」的嫌疑，有理也說不清。仁民對介民後來在台灣的情況了解多少不得而知，但在這種時候，就算確實知道介民的身分，說出來不僅沒人相信無濟於事，甚至可能為他和家人帶來更多的麻煩。文革結束之後不久仁民退休，一九八五年病逝，也始終未能得知介民和明珠後來的真相。

兩個同時來到世間的雙生手足，少年時須臾不離，卻在歷史的大洪流中被沖散，各自承擔了人生裡的重負和劫難。直到生命的最後時刻，隔著世間最遙遠的人為的深淵，都無法彼此呼應。

一九八〇年，小鳳與丈夫、女兒赴美定居。婚後的小鳳在台北家中，竟然還常有地方上

「派出所」的警員來「關心」查詢，暗示她仍然處在被監控的情況之下。幫助小鳳舉家出國，是哥哥和妹妹稍有能力就進行的事。龍鳳凰三個孩子，終於全都離開了那個傷心可怖的地方。小鳳一家在加州定居，生活平靜安穩。小凰一家後來從南美洲回到了美國，孩子們都健康成長，小凰也一直堅持工作自力更生。

一九八八年十二月，已升任加州大學醫學院正教授的小龍，在離開十八年之後，應台大醫學院的邀請首次回到台灣。他從台北善導寺請出父母親骨灰盒，隨身帶回美國。次年五月，安葬父母骨灰於聖地亞哥El Camino Cemetery，一個寧謐美麗的墓園，有著大片的青草地，遙遙眺望太平洋。

就是這裡——美國加州聖地亞哥，一九四五年二月，二十九歲的中國空軍中尉薛介民在這裡登陸，隨隊赴德克薩斯州接受美軍飛行訓練。四十三年之後，他的兒子帶他重返他的子孫定居之地。

第九章　白鴿木蘭

從一九九八年起，由於大陸那邊完全問不出頭緒，我決定轉而在台灣搜尋有關公婆案情的信息，但不知該從何處著手（那時台灣的「國家檔案局」還未成立，更遑論對外開放）。我聯繫上姚勇來的女婿吳義男（也是政治犯，翁婿是在監獄裡結識的），他建議通過律師查找資料。他推薦一位經辦政治犯案件的鍾姓律師，鍾律師收了少許訂金之後答應試試看，一探聽之下即被告知：「軍法審判案情不得公開」，連第一步的申請都不受理。

我不免感到氣餒，也沒有人給我打氣——三兄妹對於「尋求真相」的矛盾心情，是完全可以理解的。他們經歷過的極度的傷痛，多年後好不容易止血結疤，再去碰觸是需要相當大的勇氣。小龍固然希望知道這些年來他背負的是個什麼樣的十字架，但要回到記憶的暗黑泥濘中耙梳碎片，不要說他難以承受，我也不忍。所以在他的默許之下，我開始了獨自的尋索。每次回台灣坐在越洋的飛機上，心頭就浮起這兩句：「路漫漫其脩遠兮，吾將上下而求索。」

首先我要查詢的是官方的紀錄，既然法院那條路行不通，我想到從死亡證明來尋找蛛絲馬跡。居住國外多年，實在不知道該從何著手，這種事也不想找人幫忙，於是我用了最笨的方法，跑了幾處區公所，終於在二〇〇〇年的夏天，出現了第一線曙光：我向台北市大安區戶政所取得有關的證明——戶籍的死亡證明及台北市衛生局的火葬許可證。介民和明珠兩人的證明書除了姓名之外內容全都相同：日期、時間、死因「槍決」、死亡地點「安坑刑場」、火葬場所「台北市火葬場」。由死因和地點可證明兩人皆為政治犯。證明的影印件拿到手中時，我激動得雙手顫抖，迫不及待地從戶政所的公用電話打給陳映真先生，告訴他這一重要的發現，因為陳先生對這件事一直非常關心。

有了證明文件，陳映真先生告知我：三兄妹可以向「財團法人戒嚴時期不當叛亂暨匪諜審判案件補償基金會」，以受害者家屬身分申請補償，也許可以藉由該機構的審理調查而得知此案的一些內情。這個「基金會」的成立來自一九九八年的《戒嚴時期不當叛亂暨匪諜審判案件補償條例》：國府在台灣地區從一九四九到一九八七年實施了長達三十八年的《戒嚴令》，殘暴鎮壓共產主義者、台灣獨立及民主運動人士，以觸犯「內亂」、「外患」罪，或《檢肅匪諜條例》的罪名，執行死刑、徒刑、交付感化教育，或沒收財產。政府為處理過去戒嚴時期的暴行，制定了補償條例，邀請學者專家、社會公正人士、法官、政府代表及受害者或其家屬代表，來審理申請補償的案件、處理補償事宜；受害者本人或家屬可以通過這個機構申請補償金。在完全找不到檔案的當時，我想這是最後一條路，希望透過申請賠償而得以一窺「內幕」。

陳先生介紹我認識基金會的董事林至潔女士，林女士親切地提供給我向基金會提出賠償申請的手續資訊。林至潔女士原名林雪嬌，郭琇琮醫師夫人。郭琇琮（一九一八－一九五〇），台灣社會運動參與者，中國共產黨黨員。一九四四年因預備武裝抗日而遭日「總督府」逮捕判刑五年；一九四五年台灣光復，郭從台北帝大醫學部畢業，從事公共衛生防疫工作。一九四七年「二二八」事件後加入共產黨，成立台灣省工委台北市工委會，參與了多場聯合運動及蘭陽地區、嘉義地區的組織運動。後來組織遭破壞瓦解，一九五〇年五月與妻子林雪嬌在嘉義雙雙被捕，拘禁在現今西門町寶慶路上的憲兵隊建築內，十一月廿八日即被帶往馬場町槍決。直到二〇一八年十月五日，「促進轉型正義委員會」才正式撤銷有關郭琇琮「共同意圖破壞國體，以非法之方法顛覆政府而著手實行之有罪判決」。

也是經陳映真先生介紹，我訪問了老政治犯、四〇年代「福共」黃爾尊先生（一九五七年被捕，關十八年直到一九七五年），因為他與薛姚大約在同一時間關在同一所監獄，我希望能聽到些許第一手的信息。黃先生一九五七年先到保安處，一九五八年在青島東路三號軍法處看守所，在洗衣工場，可以看見女犯；他說可能見過姚明珠，但是不是她也無法確定，說有印象她好像喜歡穿綠色衣服云云。他還說：牢裡一人一天十二兩糙米，剋扣後剩九兩，菜裡無鹽，犯人普遍浮腫……。至於其他就沒有更具體的資料了。我的尋索又膠著了。

二〇〇二年六月，龍鳳凰三兄妹獲台灣「財團法人戒嚴時期不當叛亂暨匪諜審判案件補償基金會」賠償，卻沒有得到任何有關父母親案情的具體訊息。（結果是：這個希望必須等到「國家檔案局」成立、「白色恐怖」時期的案件紀錄對民眾開放之後，才得以窺見一大部分的原始資料。）起初，小龍對於是否要這筆「血錢」有所猶豫，但「基金會」的朋友相勸：父母親坐牢受刑多年、最後被取走性命是血淋淋的事實，無辜的孩子們承受的苦難絕對應該有所補償；而身為兄長，也是小龍對當年無力照顧的妹妹們做出補償的機會。無論自己有沒有需要，這筆錢可以用在更有意義的地方……。兄妹們想通了，決定用來報答在他們最困苦的時候幫助、照顧甚至撫養過他們的恩人，並且捐贈貧困孤兒獎助學金。其中一處，是小鳳以父母親名義在家鄉楓亭後蔡村捐贈成立的「介明欣欣小學」。

但真相依然不明。我繼續追尋，有時真有大海撈針之感。二〇一〇年，我抱著姑且一試的心情Google薛、姚名字，赫然發現有一篇懷念「空軍英雄毛履武」的文章——〈深切懷念毛履武叔叔：藍天白雲的日誌〉。毛履武這個名字我是有印象的，因為出現在「起訴書」和「審判書」裡；而這篇文章竟然提及「薛介民」這個名字！文章的作者說，叔叔毛履武告訴過他：自己當年是受同學兼好友薛介民策反而投誠的。可惜毛履武早已不在了，也不知如何聯繫這位作者。

然後在網上我又發現另外一篇文章，更是離奇，竟稱電視諜報劇《潛伏》（二〇〇八）的主角余則成，原型是一位名叫薛介民的國民黨軍官……。為了這句話，我把《潛伏》劇一口氣看完，知道這個附會實在太過牽強，但對提出這個論點的人的身分非常好奇，卻苦於找不到來源。

隨著互聯網路時代的開啟，訊息和尋找的人能夠彼此連上的可能性大了許多。二〇一二年二月，一個後來回想起來無比重要的日子，我像平日一樣，過一陣就Google一下薛介民、姚明珠的名字，看看有沒有新的詞條，忽然發現「姚明珠」的名字出現在一個網站裡，有人在那裡寫「巾幗英雄姚明珠」！一時間我的心跳加快，立即上網站聯繫站主，說我是姚明珠的後人，請問他是誰，怎會知道關於薛姚的事情……。焦慮的幾天等待之後，二月廿八日，一個難忘的日子，站主唐先生回信了！

唐先生的父親是空軍官校二十三期，和介民一樣，抗戰期間也在印度和美國接受過飛行訓練；在美國從書報刊物接觸到進步思想，回國後不願投身內戰，祕密成為中共地下黨員，與林城建立了聯繫。一九四九年三月，唐父與另外兩名飛行員駕駛C-47運輸機起義投共，由於天氣惡劣而迷航，在內蒙古的翁牛特旗（當時屬於熱河省）墜機，三名飛行員跳傘生還。至今當地牧民還保留了幾塊飛機殘片。

唐先生在八〇年代因為父親的關係結識了林城，稱他為「林伯伯」；從「林伯伯」那裡，他聽到介民和明珠的名字和他們早年的事蹟，甚至還收集到一些有關的材料。我與唐先生聯繫上之後，再經由他通過他父親的世交陳致遠先生（後面會詳細介紹這位陳老先生）聯繫上「有關單位」，才確認了薛姚的烈士身分。像打開了一扇又一扇的門扉、掀開一只又一只盒蓋，我陸續查找到更多的第一手資料，甚至還見到幾位碩果僅存的故人。可惜的是，最關鍵的人物林城早在一九八二年就去世了。

關於林城／林建神這個人，他與明珠有關的個人資料都是唐先生提供給我的，其中有些是林城親手書寫的文件。看著那些一筆一畫的字跡的時候，我有時會恍惚起來，幻覺這些紙張字跡是在漫長時空裡靜靜等待了幾十年，像關在密封瓶中的精靈，等待著一雙眼睛，替代那位叫做姚明珠的女子，將它們打開、喚醒、閱讀……

林城／林建神一九一九年出生於福建古田杉洋村一個牧師家庭，一九三八年秋考進福建醫學院，一九三九年加入「民先」；翌年，由同學姚明珠和莊子長介紹，加入了中國共產黨；並與姚明珠、莊子長、莊勁一同擔任醫學院黨支部委員。（福醫校史有紀錄：當時支部書記孟琇燾，組織委員莊子長，宣傳委員莊勁，婦女委員姚明珠，青年委員林建神。）他積極配合中共黨組織發動抗日救亡運動，開展反迫害、反飢餓、反奴役的抗爭。

一九四一年，林城也是與姚明珠一起在崇安被捕，關押在梅列集中營。經校長保釋出獄後，原組織已遭破壞，他返校恢復學業，同時積極尋找黨組織，最終與中共閩江工委取得了聯繫，繼續開展革命活動。一九四四年夏，林城從醫學院畢業，實習後於次年被徵調為國民黨空軍少尉軍醫（當時規定醫學院畢業後要服軍役一年）。一九四五年秋，隨軍遷至南京國民黨空軍醫院就任軍醫，並且與中共上海局和中共南京市委取得了聯繫。明珠次年在南京重逢林城，意味著不僅是老同學、老戰友的重逢，更是將她與失聯四、五年之久的共黨組織又聯繫上了。

關於一九四一年姚明珠在武夷山被捕事件，除了林城的追記，還有兩位當年福建醫學院同學的回憶資料作為旁證——

當年福醫的同學劉景業（一九三八年考入福醫，一九四〇年加入中國共產黨，抗戰期間曾任中共福建醫學院支部書記，組織學生在閩北宣傳抗日，發動學生投軍抗敵），在〈七十七年前學校對面的蘆葦蕩中，我們唱起國際歌〉口述回憶一文中回憶道：

當時除了學校的學生，還有的抗日宣傳隊是從延安過來的，在此期間，西南聯大還有個巡迴宣傳隊來演話劇、做宣傳。……在那個時候，院刊刊登了很多政治思想的文章，當然，也有科學思想的文章。雖然沒有明目張膽地宣傳進步思想，但是院刊仍舊在引導學生求學上進方面起了很大作用。……一九四〇年六月，那個時候剛剛臨近放假，有一個晚上，我們十幾個人都通知到了，當時學校的主要交通是在南門，西邊是公路。校門口有個小浮橋，我還記得那個浮橋下的水，很清很清，可以一眼望得見河底。我們還在那裡游過泳。我們幾個人走過醫學院門口的浮橋，在醫學院對面的蘆葦蕩裡，那裡茅草很多，外面看不見裡面的人。孟琇燾起了個頭領著大家，還有莊子長、莊勁、姚明珠、薛仁民他們都在，……大家不敢大聲，就在草叢裡低聲地唱起了〈國際歌〉。孟琇燾簡單地給我們講了黨的方針政策和思想。然後孟琇燾帶著我們莊嚴宣誓，從那一天起，我光榮地入黨了。因為形勢比較危險，學校裡到處都是特務，我們不敢多逗留，也不敢多聲張，整個過程非常快地結束了，大約就十幾分鐘的樣子。……記得當時一起入黨的有好幾個人，其中一位同學叫葛林宇。

〈國際歌〉的歌詞：

起來，飢寒交迫的奴隸，起來，全世界受苦的人！
滿腔的熱血已經沸騰，要為真理而鬥爭！
舊世界打個落花流水，奴隸們起來，起來！
不要說我們一無所有，我們要做天下的主人！
這是最後的鬥爭，團結起來到明天。
英特納雄耐爾，就一定要實現！
這是最後的鬥爭，團結起來到明天！
英特納雄耐爾，就一定要實現！

據另一位福醫同學林榮澄（就是前面劉景業提到的葛林宇）在一九九七年致中共福建醫大黨委的〈我的片段回憶〉中敘述：「（一九四〇年）十月間，同班同學李光恆找我，說一班同學林建神想和我談談。……當時我們的共同觀點就是，要想取得抗日戰爭的勝利，必須由中國共產黨領導。……在一個深秋明月夜，走過纖纖浮橋，在對岸公路邊小山坡上的一個舊廟裡，召開了有孟琇燾、林建神、莊勁、莊子長、姚明珠、李光恆和我七人參加的會議。會議由孟琇燾主持，會議決定接納李光恆等為中共黨員。並就如何在學校開展工作做了研究和部署。會議直到深夜才結束。」

至於為什麼上武夷山？綜合了幾宗第一手的回憶資料，七、八十年前的那段歷史就漸漸浮現了：民國三十年，西元一九四一年一月，發生了震驚中外的「皖南事變」（又稱為「新四軍事件」）——抗戰「國共合作」時期，「新四軍」是國共合作抗日的產物，為共產黨轄下、由葉挺擔任軍長的「國民革命軍新編第四軍」。新四軍與國民黨轄下的國民革命軍第三戰區部隊之間，屢有軍事摩擦。一月四日夜裡，新四軍在安徽南部的茂林地區，遭到國民黨軍隊重兵包圍襲擊；新四軍總部九千餘人，除兩千人突圍倖存外，大部分陣亡或被俘。軍長葉挺被捕監禁五年。《新華日報》發表了周恩來的〈為江南死國難者致哀〉，和「千古奇冤，江南一葉；同室操戈，相煎何急！」的十六字親筆題詞。新四軍所屬軍部兵力和皖南部隊遭到了嚴重的損失，皖南事變使得國共合作成為泡影。

據劉景業回憶：一九四一年一月的「皖南事變」發生後，形勢越來越緊張。國民黨對所謂「異黨活動」的限制和鎮壓更趨嚴重，還在三元縣設立梅列集中營，專門關押和審訊共產黨員、愛國人士和進步青年學生。當時，學校內部很緊張，有很多學生特務，眼睛都瞪大了找地下黨。

於是一九四一年一月底，孟琇燾、莊子長祕密通知劉景業，在校門口公路邊茅草叢生的土地廟裡開了個簡短的碰頭會。碰頭會上，姚明珠與林建神、莊子長、莊勁四人對劉說：因為身分可能洩露，怕帶來危險，他們應孟琇壽傳達上級黨組織指示，支部書記和支委們都得離開醫學院，「撤離」到崇安縣武夷山一帶的福建共黨省委山區游擊根據地（中國共產黨早在一九三三年就在武夷山成立了蘇維埃政府）。

孫坤榕收藏的明珠的照片，背後的題詞「坤榕：我寧願跟真理做個小鬼，而不願跟虛偽攜手，做個安琪兒！明留言。一九四一，一，六」。如此激越的小照題詞，何以致之？看日期才明白：那正是「皖南事變」發生之後的兩天！不久，明珠藉口去永安找弟弟，帶了小提箱出門，中途在建甌小旅店過夜，然後乘車到崇安；卻在崇安縣城門口由於特務同學出賣，而遭國軍截獲被捕。（出賣他們的特務同學，其中有一位姓陳的，後來去了台灣，在行政院的醫療單位任職，與老同學們常有往來。）據劉景業回憶：四人被捕後，國民黨特意把他們先押回醫學院，從校門口的浮橋走過「示眾」，再押送三元鎮梅列訓導營（即國民黨的「福建戰時青年訓導營」，梅列區今屬福建三明市）。

林榮澄（葛林宇）回憶：「由於林建神、莊勁、莊子長、姚明珠在開展工作時引起了國民黨特務的注意，因而在同年（一九四一）寒假時，被特務學生盯梢，導致被捕。在押送往梅列途經沙縣時，許多同學前往探望。後來，三班同學劉景業向我和李光恆介紹了四同學的被捕經過，並提醒我們冷靜沉著，應付可能發生的情況。」

在梅列訓導營感訓一年之後，四人被迫登報「自新」，由校長出面作保，才被釋放。期間曾遭殘酷的刑求。孟琇焘則轉移到閩贛邊界的江西上饒、鉛山等縣。

最具體的第一手材料當是同行的林建神（林城）的回憶：他於一九四〇年年底在福建省立醫學院學習時，由莊子長介紹加入中國共產黨。一九四一年一月，在皖南事變之後不久，福建地下黨組織派莊子長率領姚明珠、莊勁及林建神撤離醫學院，前往武夷山根據地，並交代莊子長在到達根據地後出示祕密介紹信等。當時崇安已被國民黨「保安團」包圍三個月。在抵達崇安城門時，莊子長、姚明珠和林建神三人，即因行跡可疑被捕；莊勁從另一途徑進入武夷山根據地後，也在敵人的圍剿中被捕。莊子長和姚明珠持有喬裝夫婦關係的通行證，投入崇安監獄後遭到多次反覆刑訊，莊、姚二人因口供不符，身分完全暴露。（可見兩人只是偽裝為夫婦，並無夫婦的實際關係，才會在刑訊時彼此口供不符而被識破。）當時林建神持有另一種通行證，順利通過了檢查站，到了約定地點沒有看到同學，便又返回去找，就被逮捕了，在嚴刑審訊下才被迫承認。一個月後，四人被押送到「梅列訓導營」。同年十月，莊子長、姚明珠、莊勁和林建神等在「脫離中共宣言」上簽名。

一九八二年林城在北京病逝。他為黨國出生入死鞠躬盡瘁，國共內戰期間，他在空軍和

沙縣土地廟。（福建醫科大學提供）

海軍、幕前或幕後，成功進行了大量的策反工作。他的傳奇的一生，可能是任何諜報劇的主角都難以望其項背的。然而就像無數地下工作者一樣，他遭受的猜忌和迫害難以言盡。後來雖然平反，但在北大荒勞改期間被摧殘的身軀已經無法復原。但即使在病痛困頓中，林城依然念念不忘當年的同志，生前（估計是八〇年代初）曾寫報告給中央「緬懷在台灣被蔣幫殺害的戰友薛介民、姚明珠」，內有：「薛介民二（之？）子，父母親被台殺害後，留美，學理科。美籍華僑，一九七八年曾回閩（或國？字跡不清）探親。」然而受文單位竟未設法聯繫，子女當然更無從知曉。二十年就這樣過去了。

直到二〇一二年十月，我在北京由唐先生陪同見到「有關單位」負責人士，終於在當場得到尋求多年的證實。同時唐帶我拜會了為此事證實的關鍵人物——陳致遠老先生。陳致遠亦名陳志遠，本名何友恪，原籍福州，國民政府時期福建馬尾海軍學校畢業，曾赴英國接收「重慶艦」，任重慶艦艦長祕書，後調任海軍總部人事署任參謀。林城早年在國民黨海軍的策反活動，主要就是通過陳致遠行動的。一九四九年四月，陳致遠利用擔任「重慶號」艦長祕書的便利條件，參與策動「重慶號」巡洋艦起義。他也利用海軍司令部人事署人事參謀的身分，參與策動國民黨海軍海防第二艦隊集體起義。他還參與策動國民黨海軍驅潛艦「永興號」、護航驅逐艦「靈甫號」的起義。後來在林城的推薦下，陳致遠赴香港隨林城繼續從事對台的工作，又策動國民黨「聯榮號」登陸艦的起義（這是國民黨最後一次海軍的起義）。電影《長虹號起義》中很多情節就是根據陳致遠的經歷和他提供的素材寫成的。關於他還有一本書《陳志遠傳奇：國民黨海軍五次起義紀事》（作者王俊彥）。

二〇一三年四月十二日，薛、姚犧牲整整五十年後，龍鳳凰三兄妹及長孫薛明、長外孫薛雷森（小凰長子，出生在南美哥倫比亞，就是本書開頭出現在「中正紀念堂」那個長著西方人相貌的男子）終於在北京參加了烈士追認、授受烈士證書儀式。

八月，小龍和我在成都見到李振興（李夢／李鼎成）、劉邦榮（十一大隊同袍，二〇〇六年底即寫信給有關部門要求查證薛姚事蹟及尋找後人）、來華（朱鐵華夫人，朱已於十年前病逝）幾位長輩。在朱、來的兒子朱勇安排和劉老的陪伴下，我們參觀了現已不對外開放的成都太平寺機場，遙想當年介民和他的同袍們在這裡練習飛行的情景。

九十高齡的李老，竟能在有生之年見到故人之子，激動之情可以想像。他緊抓著小龍的手，熱淚盈眶，說：「我在岡山見過你！」一九四九年三月，李夢去到岡山見介民，以及其後在台北新公園見到明珠的詳情，終於有了第一手的說法：

受中共華東局派遣的聯絡員李夢，來到薛家傳達兩條林城的指示：第一是傳達地下黨的意圖，爭取空軍飛行員駕機起義。第二是在薛姚家中奉組織之命，由他和薛介民一起履行毛履武的入黨手續。他寫了一張字條，手續完成後當即燒掉了字條。此時毛履武並不在台灣而在西安，李夢囑咐由介民轉告毛履武此事。另外，還有一封林城致介民同學同事陳紹凱的親筆信，要介民轉交。

（後來李夢也為林城帶口信到空軍醫院化驗科主任張紹楨的岳父家，但未見到張本人。張是由林城發展的，後來與薛、姚同案。但李夢並不認識另一同案李和玉，也從未見過他。）

李夢離開岡山後為了避免被跟蹤，先南下到高雄隱蔽，然後再回到台北。他在台北時接到姚明珠約定見面的信，信中以「看電影」為掩護。接到信後，他當即冒著大雨騎車趕到台北新公園（現改名「二二八公園」）；入園後不遠，在梔子花叢下看到一個女子的身影和一雙白色的皮鞋。當時，他並沒有完全看清姚明珠的模樣；他走過去時，姚明珠也同時走向他，挽住李夢的手臂扮作情人的樣子，邊走邊談。

姚明珠很簡短地告訴李夢「趕快走」，並把自己手指上的戒指摘下交給他，說以備路上的不時之需。李夢表示他不能要，薛、姚有孩子更需要錢。隨後，他們步向公園大門方向，姚明珠正色告訴李夢：「你不能出問題，」她比著自己的手：「我們是手指，而你們是手腕。」之後，明珠目送李先離開，自己才隨後離開。明珠的果決、慷慨和氣度，六十多年之

成都太平寺機場，二〇一三。七十多年前，介民在這裡展翅。

《陳志遠傳奇》書影。

福建仙遊後蔡村介明欣欣小學。（介明欣欣小學校長提供）

後，年過九十的李老先生，追憶起來依然歷歷在目。①

另一位介民的老友同袍劉邦榮，早在二〇〇六年就給中央寫信，信中列出薛介民的事蹟：要求關懷薛、姚夫婦遺下的孤兒的下落。二〇一五年八月廿四日，當時高齡九十五的劉邦榮老先生，親筆寫下對薛介民的回憶；兩年之後，帶著太多對昔日的追憶和感慨去世了。

唐先生的父親與林城熟識，林城生前唐也見過他多次，親耳聽他提起過薛、姚的名字，所以後來才會成立互聯網，發布關於薛、姚的事蹟，讓我看到。從林城公開的資料中，我找到與介民、明珠有關的珍貴的史料：

根據林城向黨組織提供的材料〈俞渤等同志駕機起義紀實〉（估計寫於一九八一年左右）中證實：一九四八至四九年間，他在空軍飛行員中的策反組織工作之一，是「通過空軍士官學校畢業的飛行員薛介民，發展了朱碧譜、毛履武、劉邦榮等人」。（見蕭邦振《飛向新中國》附錄一。）一九四八年七、八月間，介民舉家搬到南京光華門外眷區宿舍，鄰近林城家，往來更為密切。應該就是在那段日子，明珠恢復了共產黨籍。在醫學院時，明珠比林城先入黨，但此時的林城就成為她的上級了。同年十一月，介民也加入了中國共產黨。一九四八年十一月底，介民先隨訓練司令部搭機遷台，行李則由輪船託運。行前林城交付了他赴台後的任務。

毛履武的長子毛軍賢也是通過唐先生聯繫上的。軍賢也提供了一些他父親生前留下的材料，其中提及「薛介民」的部分與我所收集到的完全一致。

二〇一四年，四月廿二日，終於，介民、明珠回家了！他們回到大陸，安葬在北京八寶山烈士陵園。

之前的四．五清明那天，我專程飛到聖地亞哥，親赴墓園向公婆默禱報告，告慰他們的在天之靈。然後撮取墳上一抔土；還有介民的軍官制服鈕扣和明珠的一縷頭髮，一同帶去北京。三兄妹及孫兒薛天晴、外孫薛雷森參加了安葬儀式。我們捧著父母親的靈盒，從王府井乘車上八寶山之前，特意取道天安門廣場，繞行人民英雄紀念碑一圈，在心中對著父母親默禱。

安葬儀式莊嚴肅穆，由一名禮儀官主持，六名軍裝衛士護駕。前來參加的還有幾位故人的子女：林城和鄭肖釗的女兒、朱鐵華和來華的兒子、毛履武的兒子、朱碧譜的女兒、劉邦榮的兒子……當然，還有最關鍵的人：唐先生。

在儀式上，小龍以「我們的父母親」為題目致詞：

我們的父親薛介民是一位優秀的空軍飛行員。年輕時因為國家受到侵略，毅然離開醫學

介民明珠長眠故土。

院投筆從戎，進入空軍士官飛行學校，一九四二年從官校特班驅逐飛行科畢業。抗日戰爭中曾經擊落多架來犯的敵機。一九四五年遠赴美國亞利桑那州鹿克機場，接受戰鬥機飛行訓練。我們的母親姚明珠是一位極有愛心、關心婦幼健康的醫生。他們兩人是青梅竹馬的表兄妹，感情始終非常好。我們兄妹三人生長在一個幸福和樂的家庭裡，直到我十歲、我的妹妹一個八歲一個六歲那年，父母親忽然被逮捕入獄，從此再也沒有回來，而我們根本不知道為了什麼原因。父母親在坐牢五年之後，在一九六三年的農曆新年初七那天被雙雙處決。父親的陰曆生日是正月初八，差一天他就滿四十七歲。別人都在歡慶春節，我們卻是家破人亡，成了三個孤兒。

直到很多年以後我才知道了真相。原來父母親是為了新中國，義無反顧奉獻自己、犧牲生命的。母親早在一九三八年就參加了中國共產黨外圍組織「民先」（即「中華民族解放先鋒隊」），一九四〇年加入中國共產黨，是福建醫學院第一位女性黨支部支委。一九四八年，也就是我出生的那年，父親也加入了中國共產黨，在國民黨撤往台灣前夕，接受地下黨祕密任務，以國民黨空軍軍官的身分，策反空軍同仁駕機起義。當年駕機起義的飛行員有的成功，有的壯烈成仁，新中國的空軍隊伍可以說是從這批愛國志士開始的。

一九四八年底，我的父母親在地下黨的指示下，到台灣繼續為黨和國家工作。父親繼續空軍內部的策反工作，母親也曾經幫助潛入台灣的同志脫離險境。不幸到了一九五八年九月，他們的潛伏身分暴露，兩人同時被逮捕。直到一九六二年底才判決、一九六三年初執行。調查審訊的時間長得可怕，可是後來台灣就再也沒有與空軍有關的案件了，可見雖然他們被嚴酷審訊了四五年之久，卻未招供或連累其他同志。

我們當時年紀太小，不知道父母死因，而且在當時台灣的政治氛圍之下，我們也為自己身為「政治犯」的子女感到恐懼和羞恥。但我們始終相信父母親是正直的好人，他們一定是被冤枉的。到我長大以後，接觸到中國現代歷史，才開始思考另一種可能：父母親並不一定是被冤枉，而很可能確實是共產黨，為了他們的理想求仁得仁。

我在一九七〇年得到美國大學研究所的獎學金，離開台灣到美國留學，取得博士學位、擔任大學教授。從一九七八年開始每隔幾年就回國，一方面為了尋找父母死亡的真相，另一方面也應用我的專業，協助國內剛起步的生殖科學研究。可是我尋找了三十多年都得不到結果，後來只好放棄。但同時也目睹了這些年來新中國的巨大變化，看到人類歷史上在最短的時間裡最大的經濟成長。在中國共產黨的領導下，勤奮聰明的中國人民建設了世界第二大的經濟體，然而同時也很遺憾的看到一些黨員變得十分腐敗。

在這尋找真相的三十多年裡，不單單我們三兄妹是孤兒，我們為國犧牲的父母也沒有歸宿。幸運的是我父母親從沒有見過面的媳婦，我的妻子，她當年不僅沒有害怕我的出身背景，願意嫁給我這個「政治犯」的孩子，而且後來不斷積極的在台灣和大陸找尋歷史真相，因為從父母親留下的書信，她也相信她的公婆是熱愛國家、有理想、有正義胸襟的人。終於在兩年前，她結識了唐先生。唐先生的父親當年也是空軍裡面的中共地下黨，負責飛行員中間的策反組織工作。在唐先生的大力協助下，我們與有關單位在一年多前聯絡上，我們終於得到了追索已久的答案，了解了父母親的真實身分和歷史真相。而父母親作為黨員和烈士的身分，也在去年得到黨和國家的正式認證。

雖然我們永遠不會知道，父母當年與子女訣別時的心情，但有一件我認為是意義深長的事，就是一九五五年，父母親把我們兄妹三人的名字小龍、小鳳、小凰正式改為人望、人星、人華。多年後我才領悟：「人」指的是中國人民，而「望」、「星」、「華」三個字的意義，就是「希望」、「紅星」和「中華」。

父親在就義之前寫的絕筆信中有這幾句話：「木蘭溪水長久在流，白鴿嶺高壯地站立，鄉親至愛之恩永不能忘。」木蘭溪、白鴿嶺，都是我們福建家鄉的山水，而所謂「鄉親至愛之恩」當然是指他的祖國。這封信寫於一九六三年一月十八日，那天正是我十五歲生日。十三天之後他便就義了。至今仍然記得，他們就義之後我們三兄妹去認父母親的遺體，他們躺在冷硬的石板上，那種淒涼的情景，永世難忘。對比今天，他們留下的三個兒女都走過無比艱辛的路程，可是也都堅強的長大成人，對人類作出了一定的貢獻。還有孫輩們，也都以他們的祖父母、外祖父母為榮。而今天，黨和國家以莊嚴隆重的儀式迎接他們回來，假如他們在天上有知，他們信仰服從的黨，在他們犧牲半個世紀之後，正式迎接他們回到祖國，長眠在八寶山，讓他們的英靈與志同道合的烈士同志們為鄰，他們一定會感到非常的安慰。

對我們三兄妹來說，失去的父母親是永遠不會回來的，只希望黨和祖國的後代，能夠記取並且發揚先烈的精神，父母親的犧牲才有意義和價值。

之後將父母親的靈盒安置在靈堂兩個相連的壁龕中，覆蓋黨旗祭拜。同時也請下室中五位在台灣犧牲的烈士的靈盒，向他們行禮，作為清明的祭拜。

那天下午，我們一行人參訪了西山無名英雄烈士廣場，找到刻著父母親名字的石碑，用手指輕輕撫過那兩個名字的一筆一畫……。多麼希望他們天上有知，能夠看到此情此景。

一筆象徵性的「烈士撫恤金」，兄妹們用來作為種子基金，成立了一個冠名（父母親之名）的持續性的助學金。

二〇一五年五月，小龍再以父母親的名義在家鄉福建成立助學基金，捐贈獎學金予母親的母校福建醫學院，及家鄉莆田的教育局，由他們甄選需要幫助的學生。我們在福建醫學院參觀了校史展覽，姚明珠與林建神這兩位校友的事蹟展示在圖書館校史廳裡。（後來展廳擴建，薛介民的名字也呈現了——福醫承認他是「校友」了。）

在莆田，我們見到當地人稱為「家鄉河」、「母親河」的木蘭溪，還走上了溪上的水壩「木蘭陂」（千年古壩「木蘭陂」在二〇一六年榮獲全國「十大最美水工程」稱號）；也看到了白鴿嶺——莆田到永春的公路上，穿山越嶺的白鴿嶺隧道有四．二公里長；在隧道前就有兩隻美麗的展翅白鴿的雕塑。此時我們才算親眼看見了父親最後遺言的畫面：「木蘭溪水長久在流，白鴿嶺高壯地站立，鄉親至愛之恩永不能忘。」介民一生的奉獻、一世的熱愛，在那難以言說的最後時刻，他託用家鄉的木蘭溪、白鴿嶺來表達；當時的孩子還不懂，此時瞻仰白鴿嶺、眺望木蘭溪，有如面對父母親的英靈，感受到他們嚴肅又慈愛的目光。

二〇一七年秋天，我再次逐頁細讀介民跨時二十多年的日記、筆記、信件；以及明珠的獄中札記和信件；還有其他陳舊的或者新近覓得的相關資料。看完同時也下了很大的決心，讓自己的心像穿好禦寒的冬裝那樣做好準備，打開從台北「國家檔案局」取得的薛姚案情資料光碟，兩千多頁的審訊紀錄逐件翻閱，記下可用的重點。之後的許多個日夜，即使做了充足的心理準備，還是無數次感到心力交瘁，不忍卒讀……

用著這些得之不易的材料，我著手撰寫《白鴿木蘭》。雖然，我相信我找到、看到的資料、檔案，都只是事實真相的一部分，全貌依然還未完全顯現；介民和明珠所擔負的任務和做下的工作，絕不止這幾份材料中所列出的；尤其是明珠於情理不合的死刑判決，暗示了背後更多待解的謎團。然而在現今的情勢和狀態下，我一時是不太可能知道更多了。至於台灣的「國家檔案局」的資料雖然多達兩千多頁，但一九六〇年四月到一九六二年六月，漫長的兩年兩個月是完全的空白，沒有任何提調、審訊的紀錄，怎麼可能？是尚未「解密」還是已被有意的銷毀，一時也無從得知。但我知道，無論如何，提筆書寫已是刻不容緩了。

通過書寫，我試著保存那些險將湮滅在時間光塵中的真相，還原一段即將淹沒在漫長戰亂漩渦中的歷史——這不僅是一個家族的，更是一個國族的，苦難、複雜、既卑微又高貴、既醜陋又美麗、充滿仇恨又充滿熱愛的歷史。雖然還可能存在著待啟的密盒、待解的謎團，但願在我的有生之年能夠一一目睹，但目前我已盡我所能。二十年的求索實在太久，我已不想也不能再等待、再耽擱。我用自己竭盡所能尋找到的材料拼出的這幅圖片，已經足以向父母親的在天之靈交代。那些還未能見到天日的，就等待兩岸都完全解密的那天到來。希望到那時我依然能寫，能將這幅壯麗的拼圖的最後幾塊補上。

願這些文字為介民和明珠，以及他們那一代人，稍稍彌補他們為之奉獻了青春和生命，

北京西山無名英雄烈士廣場。

木蘭溪上的水壩。

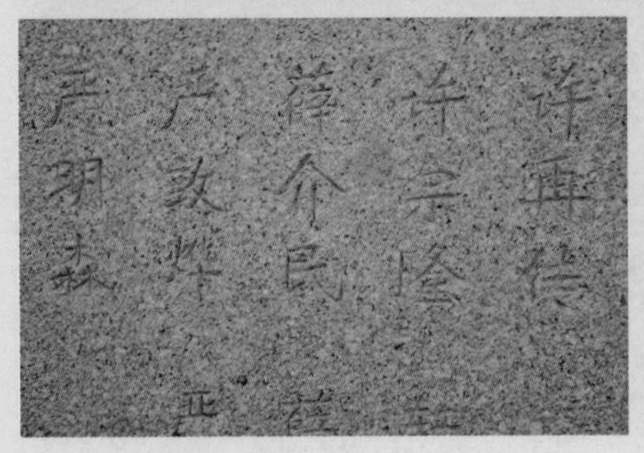

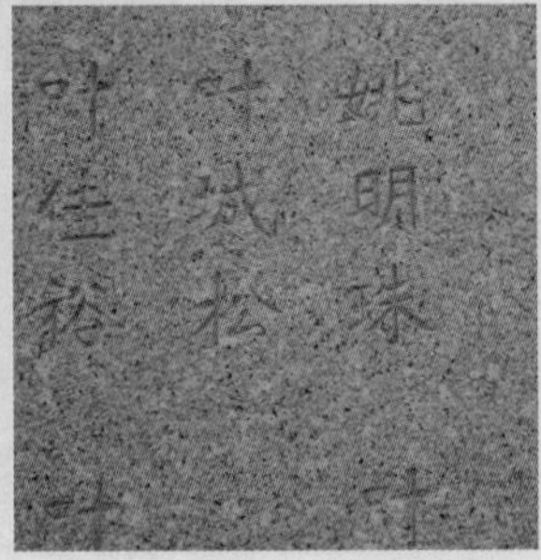

無名英雄烈士廣場石碑上刻的名字。

卻錯過的、來不及看到的新的世紀，看到他們的孩子站立起來，為世間做出一些貢獻；看到他們的孫輩們自食其力健康成長，不再受苦於戰亂、仇恨、匱乏、不公與不義……

時光無可挽回，歷史無可改變。唯有通過這些文字，願他們的在天之靈得到安慰，以及永生。

【注釋】

① 唐先生已在早先一年，二〇一二年六月廿一日，親赴成都採訪李夢／李鼎成，做了現場錄音。這是唐的紀錄：

當年那段歷史中，李是唯一健在並且是涉及到核心機密的當事人了，在台灣國防部軍法局破獲薛、姚案的文件中很多次出現了他的名字。

提起薛、姚，李老伯眼圈紅了，他說：我能活著回來完全是這兩位戰友的及時通知。李老伯拿出他前幾天才寫的材料，並給我詳細講述台灣國防部軍法局的文件中提到的一些細微的歷史出入，李說：台灣對我的行蹤竟然瞭如指掌！

李在六十三年前的一九四九年二至三月間第二次赴台的使命主要有兩條：第一傳達華東局對在台國民黨

空軍中地下黨的指示，第二是主持毛履武的入黨手續。從李老伯的談話中感覺到他其實還有第三條使命：那就是見空軍第八大隊的上尉分隊長劉XX，但是這個目的他沒有實現，劉XX拒絕相見。所幸台灣方面甚至到後來薛、姚案發時也一直對此沒有覺察，否則，很可能導致一批空軍飛行人員被抓。

李去岡山國民黨空軍軍官學校（李老說是空軍訓練司令部）聯繫薛、姚時身穿國民黨空軍軍服，那天正是週末休息日，因而李很容易就從警衛值班室得到了薛家的住址。

敲門後，李自我介紹說：「老林叫我來看望你們。」一切都已不言自明。通過訪談我明確了一點：在此之前，李與薛、姚並沒有直接見過面，李老說：他們都是老黨員了，直接關係在老林那裡。李交給了薛、姚兩封林的親筆信。一封是給薛、姚的，另一封是給薛的同期飛行同學陳紹凱。在美國飛高級時，薛飛了驅逐機，而陳則在轟炸。此時的陳在國民黨空軍的王牌——第八大隊，八大隊是國民黨空軍的重轟炸機大隊，全部是美制B-24重型轟炸機。此時的陳紹凱任第八大隊的上尉分隊長，可惜的是，一九五二年八月十六日，陳紹凱和王XX兩位分隊長同駕3306號機在高雄執行模擬投彈訓練，返航途中在嘉義阿里山撞山失事。同機的投彈手、領航員、射擊員、機械師、通信士等全部遇難。

毛履武的祕密入黨儀式是在薛家進行的，由李寫了一張小紙條作為毛的入黨手續，由李和薛作為介紹人，姚在場見證，儀式之後李老立即燒掉了小紙條。時間是一九四九年三月十五日，此一時間李老伯特別強調了數次，可見他記憶猶新。（作者註：一九四九年三月十五日是星期一，並非他前面說的「週末休息日」；前一天十四日是陰曆十五，可能因此李將那個星期天的日期記成十五日。）而此時的毛履武則仍駐防在漢中的國民黨空軍第十一飛行大隊任上尉作戰參謀。李告訴薛：由薛設法通知毛履武（毛履武於一九四九年六月十五日於漢中飛西安執行偵察任務時甩掉僚機起義成功）。

李老說：離開岡山，他並沒有直接去台北，而是與他的目的地相反——轉身南下，李老說：長期的地下工作經驗當你執行一項任務後，見機行事，需要休整，耐住性子「貓」一段時間，以免被敵人跟蹤盯梢。之後李老才再次北上到台北。

關於李與姚第二次在台北公園見面的經過，李老說：當天傍晚他正吃晚飯，收到郵遞員送來的姚的信，按照約好的聯繫方式內容是約他「看電影」。李放下碗筷起身騎上一輛自行車就趕往台北公園。

李老說，那天雨下得非常大，甚至淹沒了馬路上的排水溝，匆忙中，他的自行車騎到了排水溝裡，連人帶車栽了下去，多虧那時年輕，他顧不得其他，爬起來繼續趕路。到達台北公園時，雨剛好停了，時近傍晚光線已暗，雨後的公園遊人極少，一進公園就看到大門不遠的梔子花叢下有個女人的身影在來回踱步，一雙白色的皮鞋尤為明顯。此時李並沒有完全看清楚，李走了過去，與此同時那個女人也向他走來，那正是姚。姚將手臂挽住李邊走邊談，姚低聲而急促地說：「李夢，你趕快走！」繼而姚摘下手上的金戒指交給李囑咐他路上用，並告訴李說：「我們是手指」，她邊說邊比畫著，「而你們是這裡」，姚指指手腕，「你們不能出問題」。極其簡短的會面，隨後，李先行離開公園。

第二天，李即通過關係混入離台的輪船上扮做燒鍋爐的工人離開台灣。

李老伯說：他當年沒有被抓到有兩個原因，一個是他化名太多，等到國民黨當局查明這些名字之間的聯繫時他早已經遠走高飛了，第二就是薛、姚兩位戰友及時的通知報警。

李老伯長嘆一聲：「當年那些戰友之間的感情啊，真是生死之交啊！」

外一章　朱鸛送子的故事

二〇一三年九月三十日，美國國家科學院學報發表了一篇論文，內容是最新的婦女不孕症治療法：有些已經多年沒有月經、完全沒有生育可能的婦女，醫生取出她的卵巢，在體外用特別的藥劑處理，然後再放回病人體內，使得卵巢功能恢復。這樣的治療方法，可以有效幫助卵巢功能提早衰退的病人懷孕，也可治療癌症病人因化學及放射療法而導致的不孕，另外還可能幫助因晚婚或晚育而不孕的四十到四十五歲的中年婦女。這篇報告不僅有基礎研究，更有臨床結果：一名經由這個療法而生下的男性寶寶，現已健康成長。

不出所料，這篇報告在生殖醫學界的不孕症領域，引起極大的矚目，美聯社、美國國家公共電台（ＮＰＲ）、ABC、BBC、FOX News、《洛杉磯時報》等主流媒體都相繼訪問報導。美國《時代》雜誌（*TIME Magazine*）在二〇一三年底選出「年度十大醫學突破」（Top 10 Medical Breakthroughs of 2013），ＩＶＡ（體外激活）的研發列為其中之一。史丹福大學將之列為年度的「突出研究」之一（2013 Research Highlights）。

領導這個研究團隊的科學家是一名來自台灣的華人，美國史丹福大學醫學院教授薛人望博士。他的研究團隊裡有中國人、日本人、美國人，還有瑞典人。

維京海盜的挑戰

事情最早要從二〇〇八年三月薛的瑞典之行說起。他去瑞典探訪老朋友，烏米亞大學教授Tor Ny——這位名叫雷神（Tor也就是雷神Thor）的科學家，是薛二十年的老友和合作夥伴。其實薛跟瑞典的淵源很深，二十多年前瑞典烏米亞大學就頒贈給他榮譽醫學博士學位。這次瑞典之行，除了研討實驗合作項目之外，薛還抽空去了「雷神」家的鄉間度假小木屋。烏米亞離北極圈已不遠，早春三月還是冰天雪地。薛在那裡不但與雷神的家人越野滑雪、騎雪上摩托車，甚至還在幾名瑞典朋友的鼓動下，從熱騰騰的桑拿浴室飛奔出來，光著上身埋進雪地裡，通過了「北歐維京海盜」的資格挑戰。但更大的收穫是他也見到華裔科學家劉奎。劉來自中國山東，年紀很輕但沉穩儒雅，在卵巢研究領域裡是一顆上升之星；妻子也是華裔，已在瑞典行醫。他和劉談到劉對初始卵泡「激活」的研究，觸動了一個新的研究課題。

薛的研究領域一直是婦女卵巢。卵巢裡的卵子顆粒以「卵泡」為單位，每個卵泡裡有一粒卵子。從最小的「初始」卵泡成長到最大的成熟卵泡，在人體裡需要六個月的時間，而每個月只有一千粒卵泡被「激活」，其他都保持著休眠狀態。劉奎作出的成果是用遺傳的方法敲除了小鼠卵子的PTEN酶基因，使得所有卵泡都能被激活，然後開始生長。這個重大發現的論文已經發表在極有影響力的《科學》雜誌上。

這個成果啟動了薛的研究興趣。從瑞典回來後，他讓手下一名博士後研究員，來自中國的李晶，用PTEN酶的抑制物（而不是用遺傳的方法），在體外處理小鼠卵巢，將卵泡激活之後移植回小鼠體內，從而使得卵泡生長而得到成熟的卵子，再將這顆成熟卵子取出，在體外受精之後放回子宮，結果生出正常的後代。李晶先前在中國的指導教授、中國科學院動物研究所的段恩奎，在他的實驗室成功重複了這項實驗。薛將這個在體外激活卵泡的方法稱為體外激活（In Vitro Acttion，簡稱IVA）療法。二〇一〇年，薛和段的研究團隊在美國國家科學院學報共同發表了這項成果。

奇蹟寶寶

薛和家人就住在史丹福大學的校園裡。他每天騎腳踏車去實驗室，中飯自帶便當，平日不用手機，他說他反正不是在工作就是在家裡，加上時不時就查看電郵，完全沒有使用手機的需要；工作餘暇做瑜伽、爬山、游泳，生活簡單，極少應酬，卻有同行朋友和工作夥伴遍布世界各地。

對於不孕夫婦的痛苦，薛有親身的體會——而且是一個生命悲劇帶給他的刻骨銘心的體會。

他和妻子原有兩個兒子，老大聰穎乖巧，長相俊秀，彈一手好鋼琴，幾乎可以說是個完美的孩子；卻在十三歲那年，忽然就在家附近的人行道上倒地不起，當時跟他一道追逐玩耍的五歲小弟嚇得哭著飛奔回家……。救護車來時孩子已經不治，後來才查出孩子竟然有先天性的心血管畸形，小時沒有跡象，一到發育期在奔跑時就突然發生了致命的阻塞。晴天霹靂，薛和他的妻子承受著人世間最慘酷的喪子之慟。在日復一日的煎熬中，他倆執拗地作出了一個決定：再生一個孩子。對於當時陷沒在無邊的悲痛苦海中的他們，這似乎是唯一的救贖。

但是這個決定卻讓他們——尤其是他的妻子，在其後的將近四個年頭裡，承受了另外一種痛苦：求懷孕而不得之苦。因為年齡已過四十，薛的妻子自然懷孕的機率急降；從四十一歲到四十四歲三年多的時間裡，她經歷了俗稱的「試管嬰兒」（體外受精ＩＶＦ程序）和其他各種人工輔助的方式希圖懷孕，過程不僅昂貴而且辛苦，卻還是以一次又一次的失敗挫折告終。最後她身心俱疲，幾乎到了崩潰邊緣，只好認命放棄了努力和希望。

卻是在他們倦極放棄之後，忽然，難以置信的，薛的妻子竟然自然懷孕了！當時已屆四十五歲「高齡」的她，自然懷孕的機率已經低於百分之五，連為她做過人工生育技術的醫生們都嘖嘖稱奇。孩子生下來，是個健康可愛的男孩，取名天晴，朋友們更喜歡稱他為「奇蹟寶寶」。

經歷過這樣一種生命的大落大起，加上切身的體會感受，使得原本就是從事生殖科學研究的薛，出自對高齡不孕婦女的同情心，對自己的工作更增加了一份使命感。

小聯合國

雖然薛是研究基礎醫學的博士，他手下指導的研究小組卻有一半是醫生，他也一直對解決臨床課題有很大的興趣。他始終認為：真正成功的基礎研究，應當是能夠應用在臨床上的。

薛與幾個國家的研究機構都有合作，來過他實驗室工作的人可以組成一個小聯合國，而近年他與其中一位年輕的日本醫生河村，合作關係最為密切。河村是十年前被薛的日本老友、秋田大學醫學院婦產科系主任田中，從秋田大學送來史丹福作了兩年博士後研究，回去之後還持續一直合作。薛的研究與日本淵源更深，從一九八六年第一次被北海道大學邀請參加會議作報告之後，二十多年來他的實驗室有過將近三十名日本醫生來作博士後研究。日本的醫生對基礎科學特別重視，對薛這樣作基礎研究的教授敬重有加。薛一向不喜歡旅行，為了參加科學會議不得不到世界各地，但他很樂意到日本開會，因為日本的邀請單位的接待規格總是特別周到禮遇，無微不至；而且會後都會安排富有文化特色的節目、觀賞傳統的慶典表演，讓薛對日本的歷史文化有了更多認識。田中是第一次去日本就結識的，薛與這位高大英俊、極富幽默感的日本北方人一見如故，田中帶著薛探訪北海道名勝，甚至袒裎相對享受鄉間的露天風呂……。從此不但是他倆，連兩邊的家人也結為好友。

田中先後送來好幾位研究人員，其中這位年輕的河村沉著聰明，有著日本人的認真負責態度，而做實驗的技術尤其精密細緻，不憚其煩。有人說他長得有點像演電視劇《仁醫》的大澤隆夫。他在史丹福工作期滿回到秋田，投入繁忙的醫療工作，但是在每天看完病人之後的晚上，被科學的熱情驅使，回到實驗室做研究直到深夜。河村與薛繼續合作這個ＩＶＡ療法的課題，從原先的小鼠實驗基礎上更進一步：河村取得婦女卵巢表層的小片，用ＩＶＡ療法藥物處理之後移植到無免疫力的小鼠體內，每隔一天注射一劑卵泡刺激素，六個月之後——也就是每隻小鼠注射九十次之後——竟然也得到成熟的人類卵子！這就證明了薛的小鼠實驗研究的新發現，完全可以用到人體去。

這麼重要的發現，在美國卻很難應用到需要的病人身上，因為美國對病人作試驗的規定非常嚴格，實驗批准需要漫長的時間。更大的困難則是醫療費用：美國健保不支付不孕症治療，而「試管嬰兒」程序在美國收費極高，一般人實在難以負擔。無奈之下只好先試用猴子作實驗，但猴子非常昂貴；加上近年美國因為「反恐」而大增國防預算，又逢經濟不景氣，科研基金便遭到大幅度裁減，維持一個實驗室日漸困難，用昂貴的猴子作實驗更是不可能的奢侈。薛也試過與中國的科學家合作，但尚未能獲得突破性的成果。

西湖和小津

這時日本的機緣又出現了。二〇〇八年春天，在杭州的一個學術會議上，薛遇到日本東京聖馬利安娜大學教授石塚。他們原先就認識，但沒有機會多作交談。在西湖邊的悠閒氣氛下，兩人從基礎科學研究談到彼此的興趣嗜好，留著過耳長髮的石塚跑馬拉松、年輕時喜歡爵士樂擅長吹奏長笛，後來談到日本文學和電影，發現都喜歡村上春樹的小說和小津安二郎的電影；兩人的妻子也加入談心，越談越投緣。石塚立即邀請薛次年到東京講學，石塚的妻子則約了薛的妻子，來年同去北鎌倉尋訪小津的故居和長眠之地。

石塚是卵巢早衰病不孕症的專家，有許多病人來求醫。一般人可能對卵巢早衰病症不太清楚：正常婦女從出生就有八十萬個初始卵泡，但終其一生只有四百個長到成熟的卵泡；到五十一歲左右停經時已經沒有卵泡了。而患有卵巢早衰症的病人，則在四十歲以下、甚至更早就已停經，使得懷孕無望。

談到合作，薛便推薦已經回到秋田的河村一道合作，試驗卵巢早衰病的治療。在日本，任何一種原因的不孕症都是備受關注的問題：日本的人口危機非常嚴重，從二〇〇一年起日本人口年年減少，而且老齡化更是迅速，當今已是全世界平均年齡最大的國家，六十五歲以上的人口現在已占總人口的四分之一，以這樣的速度到了二〇五〇年，超過退休年齡的老齡人口將變成百分之四十，這對一個國家和社會是難以承受的災難。對不孕症的治療自是當務之急，所以他們提出的科研計畫很快就得到臨床實驗的許可，從此日本團隊成立。

其後河村每個月從秋田飛到東京，在聖馬利安娜醫院進行ＩＶＡ臨床實驗手術。聖馬利安娜是一所天主教私立大學，有附設的醫學院和醫院，醫院不大但很清靜且富有人情味，病人與醫生的關係非常好。在那裡河村也有個很好的幫手，一位女博士研究員佐藤。佐藤和她的醫生丈夫都在薛的實驗室接受過兩年訓練。不認得佐藤的人見到她絕對不會想到這是位在醫院工作的博士：一頭長髮染成金黃，每隻耳朵都打上七八個耳釘，騎一輛哈雷戴維森重型摩托車上下班，還是業餘賽車手……。可是她非常敬業，做事認真細心，技術絕對到位，最需要耐性的計算卵泡數目的工作就是由她擔綱。

河村使用的方法，是用腹腔鏡從肚臍開小孔，取出卵巢早衰病人的卵巢，切片後加以冷凍；解凍後再切成更小片，然後用史丹福實驗室發展出來的ＩＶＡ療法藥劑處理兩天，再用腹腔鏡從肚臍小孔把這些小塊的卵巢移植回病人體內，放在輸卵管下面用病人自己的皮層造的一個「袋子」裡。這是非常先進的技術，而河村的細心專注和他一雙靈巧的手更是功不可沒。

說到「袋子」，這裡岔出一個題外話：許多年前，喜歡科幻小說的薛（他大學時便與當時的女友、後來的妻子李黎合作翻譯出版了赫胥黎的《美麗新世界》），想過男人懷孕的可能——用自身皮膚做一個「袋子」（子宮），然後植入胚胎，讓胎兒在父親的身體裡成長。這個奇想在醫學技術上是可行的，他甚至將此奇想寫成英文的故事大綱，可惜沒有時間去完成，結果被妻子李黎寫成長篇小說《袋鼠男人》，還改編拍成同名電影。電影在洛杉磯拍攝期間，薛掛名擔任了「科學顧問」，還客串演出他自己幾秒鐘。

無破不立

回到臨床實驗的醫院現場：薛與河村整理移植的病人數據時，吃驚的發現：成熟卵泡在移植病人體內才僅數週之內便可得到，而不是之前的實驗所需要的漫長的六個月。他不明白原因何在？

薛從年輕時就有不輕易服從體制威權的性格，喜歡跳出框框思考問題。他一直思索，何以河村會在數週內，就在病人被移植的小塊卵巢裡，看到成熟卵泡形成？有一天他騎著自行車在史大校園時想到：移植病人被激活的卵泡，可能並不是初始卵泡！因為從初始卵泡到成熟卵泡的成長過程需要六個月，河村在免疫功能有缺陷的小鼠的實驗已經證明了這點；薛因而假設，在病人的卵巢裡，很可能有較大的二級卵泡。

薛繼續想著：何以二級卵泡會長得這麼快？他騎過圖書館前羅丹的「沉思者」雕像，到了史大美麗的紀念教堂前中世紀修道院風格的廣場時，突然靈光一現：河村是每次都需要把病人卵巢切成非常小塊，再移植回病人體內，薛研究卵巢四十年來一直有一個不能解答的問題突然出現了一線曙光——婦女因卵巢病變而造成不育的病症主要有兩種，河村所想治的卵巢早衰症發病率只有百分之一，而另一叫作多囊卵巢症才是比較常見的，在十個生殖期婦女中就有一個會有此病。多囊卵巢症一般是用注射激素方法，這個療法在全世界一年有十億美元的市場，由於藥廠的大力推銷，現在大部分病人都用激素療法。但是薛記得有文獻報導，早在一九三五年，就有醫生用切除一小塊多囊卵巢的外科手術方法來治不孕，後來還有人用比較簡單的卵巢雷射打洞法，成效也不差，可是現在大部分治療不孕症的醫生都不用這種「創傷性治療法」了，因為擔心對病人有長期副作用，而且激素療法比起動手術是簡單多了。但是薛知道，早有論文報導切塊和打洞都跟注射激素一樣有效。

薛因而有了一個新的想法：破壞卵巢，反而會造成卵泡快速成長，正是俗話所說的「無破不立」！河村在病人身上僅只幾個星期的時間就得到成熟的卵泡，會不會是因為他將解凍卵巢切成小塊而引起的？於是薛設計了一個與一般常識反其道而行的實驗：取出未成年小鼠的兩個卵巢，一個切成三片，另一個保持原樣，然後移植到另一個成年鼠的體內。假如他的「破．立」的理論成立的話，切成三片的卵巢，就會比不切的長得更大！

這時，薛在史丹福的實驗室又來了一位女博士後研究員名叫程圓，她是中國人，卻有很特別的日本教育背景：瀋陽高中畢業後即獲日本京都大學獎學金念得學士學位，旋即進入日本頂尖的東京大學獲得博士學位。這位東北姑娘心靈手巧，對科研有極大的熱忱，工作非常努力。她加入實驗室後便一直負責準備ＩＶＡ療法臨床用的藥劑。程圓聰明率真，薛以為她從小出國在外膽子一定很大，沒想到她怕老鼠，而冤家路窄，她的研究實驗非用老鼠不可，只好努力克服自己的心理恐懼。她作實驗用的小鼠體型本來就小，又是才出生十天的幼鼠，卵巢比米粒大不了多少，還要切割處理，沒有極度的細心耐性和纖巧的手藝是做不來的，可是程圓做到了。

薛提出要程圓切小鼠卵巢，故意不用他新研發的ＩＶＡ療法藥劑處理就逕行移植。五天後，程拿出移植的卵巢，不能相信自己的眼睛——切割處理過的卵巢，跟未切的比起來足足有三倍大！實驗結果充分證明了卵巢的「創傷」會促使卵泡快速生長。薛把這個出人意料的結果告訴在日本的河村，那時已是地球另一邊的深夜，剛看完病人的河村忘了一整天的工作疲勞，精神大振，非常興奮好奇且難以置信，馬上就循用同樣方法在秋田的實驗室裡用動物作實驗，成功的重複了程作出的結果。

這時薛、程與河村都能確定，他們這系列的實驗解決了從一九三五年以來卵巢領域的一個重大難題：多囊卵巢症可以用切除一小塊，或用雷射打洞的方法來刺激卵泡生長，而用以治療不孕症。「破．立」理論顯然是對的，可是何以致之？原理何在？科學家又陷入長考了。

河馬信息通道

薛百思不解：為什麼會出現這個「破・立」現象——破壞卵巢，反而會造成卵泡快速成長？他的思路回到生物學的最原點：演化論。

薛常笑稱自己是達爾文的信徒，由於對生物演化的鑽研，而發展出對化石的興趣。他還親自去探訪過幾處古生物化石遺址：加拿大落磯山脈的三葉蟲化石遺址坡、雲南澄江的古生物化石群、美國科羅拉多州的恐龍化石區……。從來沒有任何收集癖好的他，家中卻也放著幾件古生物化石，其中有三葉蟲、小魚群，甚至微小到要用顯微鏡觀看的不知名的古生物胚胎。他始終相信：所有生物界的疑問難題都可以用達爾文的演化論來解釋，因為世間所有的生物都有共同祖先，許多不同動物的細胞，是靠相似的基因來調節功能的。所以在小鼠身上作成的試驗，在人身上也應該一樣可能成功。

正是在這個破解謎題的關鍵時刻，薛面臨著一個實際的困難：無米之炊。和美國許許多多生物研究實驗室一樣，過去幾年來薛的實驗室也感受到愈發嚴重的經費短缺問題。這些研究經費最主要的來源是美國國家衛生總署，而總署的預算隨著美國經濟景況和政治趨向，已經逐年大量削減。另一個主要的民間來源是大藥廠的研發部門，而藥廠同樣面臨全球性的不景氣，贊助學術機構的研發經費也大量減縮，甚至叫停。加上美國保守勢力對與墮胎有關的研究一向限制特多，聯邦經費就不允許用在人類胚胎的研究上。小布希總統甚至親筆簽署禁止胚胎幹細胞研究的法令。

處在這樣低迷的大環境中，不少薛的學者同行紛紛忍痛放棄深入的研究工作，有的轉而做行政，有的去教課，有的乾脆提早退休。這種時刻薛怎會輕言放棄，但實驗室一度陷入人手和經費雙雙短缺的困境也是事實，以至於他幾度將自己的專利收入捐贈給實驗室，來挺過這道難關。幸而不久之後「甘霖」從天而降：加州的「再生醫學研究所」發放了一筆胚胎幹細胞研究經費，薛的實驗室申請到這筆經費，才算避過了斷糧之虞。

「破．立」現象問題的解決，還要等到六個月之後——有一天薛在查閱文獻時，看到有「河馬信息通道」基因群在果蠅中能限制器官生長，假如這個「信息通道」基因被破壞，果蠅頭上就會長出腫瘤，形狀如河馬粗厚的頭頸，因而有此形象的定名。更有趣的是：這種基因在小鼠體內也有，假如把小鼠的心臟、肝臟中的「河馬基因」用遺傳方法敲除，就會發現這些器官長大到兩三倍之多。所以，「河馬基因」竟是個在果蠅和高等動物裡，都會保證各個器官不會長過頭而形成為腫瘤的信號通路！

薛因而推斷，在人類的卵巢裡，也會有同樣的「河馬基因」，來控制卵泡不至於過度生

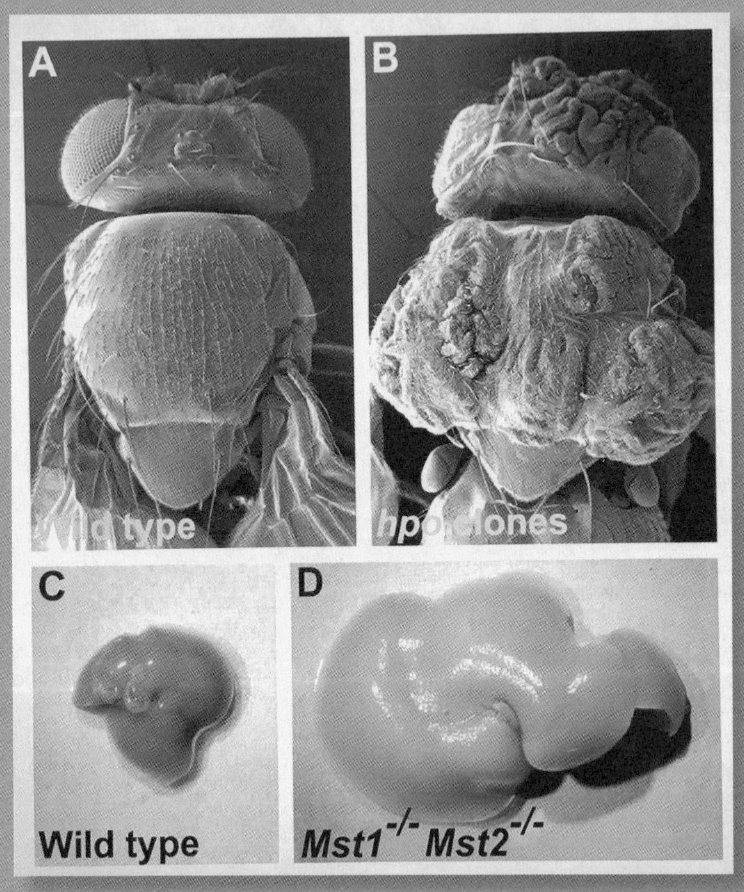

「河馬通道」基因被破壞前的正常果蠅（上左），和破壞後長出腫瘤的果蠅（上右）。
「河馬通道」基因被破壞前的正常小鼠肝臟（下左），和破壞後的小鼠增大的肝臟（下右）。
（摘自Development學報，2011 138: 9-22; doi: 10.1242/dev.045500。）

長。於是薛讓程圓與河村檢驗卵巢的「河馬基因」。他倆所作的試驗結果，證明了在小鼠及人的卵巢都有河馬通道基因；切割卵巢後，破壞了河馬通道，便使得卵泡迅速生長。薛總算弄明白了，這便是「破．立」的原理。

後來程圓更進一步發現，將卵巢切細片後，若又再加PTEN抑制劑，還可使卵泡生長得更快。河村如法炮製，將人的卵巢切細片加PTEN抑制劑，移植入無免疫力小鼠，之後也發現在鼠體內快速生長。終於，「破．立」原理的臨床發現得到了完整的解釋。八十年來，醫生們對於用「切塊」治療多囊卵巢症一直是知其然而不知其所以然，薛的團隊的發現不僅解答了「所以然」，而且能進一步在未來研究出使用影響「河馬通道」的藥物，來治療多囊卵巢症的方法。

送子朱鸝

兩年之後，東京聖馬利安娜醫院已為二十多名卵巢早衰病人進行治療。除了兩次腹腔鏡手術外，病人每週或每兩週回到醫院做陰道超音波檢查，看有沒有長大的卵泡，有的病人住在外地，要乘幾小時的車跋涉而來。看著這些滿心希望能懷上孩子的婦女，醫護人員最能理解她們身心承受的辛苦，但她們原是完全無望的不孕症病患啊！

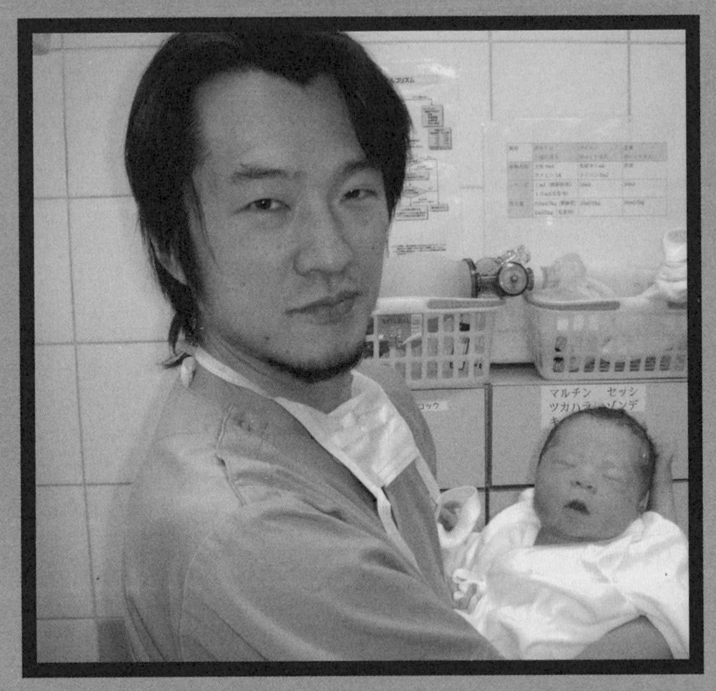

河村抱著剛出生的第一個IVA寶寶。（河村教授提供）

初步治療之後，有八個病人對ＩＶＡ體外激活療法有反應，其中五個病人可以取到成熟卵子，經由與丈夫的精子進行體外受精程序，成功得到了「前胚胎」。五人之中有三名病人還在接受激素注射，兩名病人在胚胎放回子宮後宣告懷孕，最幸運的一位在懷胎九月後生出第一個「ＩＶＡ寶寶」。這位母親在十一歲時初經，但在二十三歲起月經開始不規則，二十五歲便停經，結婚後很想生育，於是在二十九歲那年起到聖馬利安娜醫院接受ＩＶＡ療法治療，終於如願生出兒子。新生兒通過健康檢查，一切正常。負責接生的當然是河村大夫，照片裡的他穿著產科手術袍，抱著幾分鐘前才來到世間的第一名「ＩＶＡ寶寶」，神情和藹喜悅，令人想到「仁醫」。

二〇一三年五月，薛應邀到北海道參加日本婦產科學會全國大會，會後他與來自世界各國的學者，被招待去風景優美的洞爺湖畔、舉辦過「八國高峰會」的溫莎度假酒店過週末。會上他總結與日本的淵源：他的實驗室這些年來訓練了二十九名日本籍博士後研究員，其中一位剛升任東京大學婦產科系正教授——東大醫學院的教授向來享有尊崇的學術地位，也是日本皇室的「御醫」。

可是很少人知道：薛的母親也是一位婦產科醫生；而六十年前，同是念福建醫學院的薛的父親卻投筆從戎，決定不做醫生而做空軍飛行員，加入抗日戰爭的行列，在四川省上空擊落過日本敵機。現在薛卻以IVA療法幫助日本，以他的科學發現幫助紓解日本的人口危機。兩代人處於完全不一樣的歷史點上，從戰爭到和平，其間的轉折發人深省，更是令人欣慰。

因為父親當年是空軍，薛出生在南京空軍醫院，一歲不到隨父母到台灣；不幸父母早逝，義父母張元凱醫師夫婦撫養他完成高中和大學教育。他在台大動物系畢業之後，申請到美國普度大學全額獎學金，得到碩士學位後又在德州貝勒醫學院獲得博士學位。先是在聖地亞哥加州大學醫學院任教十五年，後來到史丹福大學醫學院任教，也已超過二十年之久。這些年薛的研究重點一直是婦女卵巢和激素的生理學，從世界各國來到他實驗室、由他教導訓練過的博士後研究學者和醫生，至今已有一百八十多名，其中許多位後來在領域中卓有成就，在世界各個名校行醫任教。例如其中一位早已升為荷蘭烏垂特大學婦產科系主任，是歐洲治不孕症的頂尖名醫；有一位擔任芬蘭大學小兒科的系主任，另一位則曾任美國常春藤名校布朗大學的醫學院院長，還有一位已經是中國科學院院士。

在演講報告的最後，薛放映「朱鷺鳥」的圖片，以之為象徵談到國際間的合作。朱鷺（Crested Ibis）是一種鷺科鶴類的鳥，多為白色（也有朱紅色的），細長的喙和腿都是朱紅色，有的展翼之際可看到翅膀的紅暈，非常優雅美麗。從朱鷺的拉丁學名Nipponia nippon可

分別在中國（右）和日本（左）發行的朱鸛郵票。

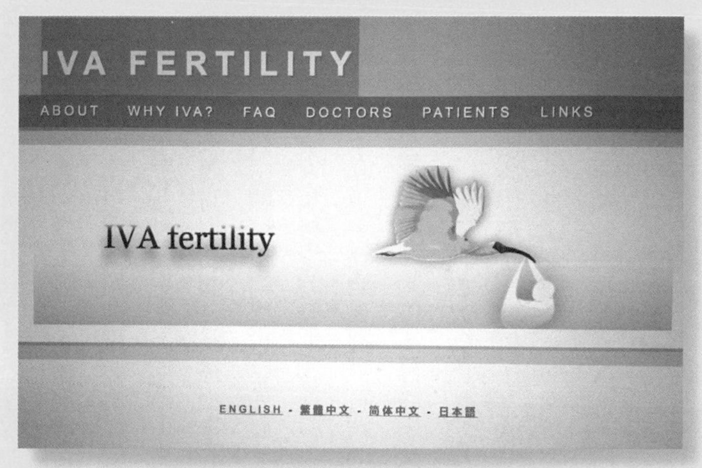

IVA生育網站（IVAfertility.com）的「送子朱鸛」標識設計圖。

以看出原是日本特有的鳥，但在日本已絕跡；後來在中國陝西一帶發現行蹤，中國隨即將之進行培育，薛就曾在西安一個瀕臨絕種動物保育中心看到過朱鷺。中國把培育出來的朱鷺送給日本，作為友好的象徵；網上便有一幅照片，是日本皇子夫婦將保育的朱鷺放生到大自然去。這種鳥生活在東北亞一帶：中國、西伯利亞、南北韓、日本、台灣……這些歷史上曾經、甚至近年也有不同規模衝突的幾處地方，都是朱鷺的生活圈。薛在報告的總結指出：鳥類是無國界的，不受疆域劃分或人為割裂的限制，自由翱翔；科學也應如此：科學無國界，科學家超越地域種族甚至歷史仇恨而合作，才能促成人類科學的發現和進展。

不久之後，關於ＩＶＡ體外激活療法的網站也成立了，為病人提供有關的訊息。這個網站（IVAfertility.com）就用了「朱鷺送子」圖像作為標識，有繁體、簡體中文，英文和日文四種語文選擇。這個網站的設計者是一名念電腦的大學生，他就是薛的「奇蹟寶寶」兒子。

二〇一四年十一月，在史丹福大學近旁的四季酒店舉辦了一個以ＩＶＡ為主題的學術會議，上百名來自世界各地的醫生和科學家，面對面熱烈地討論交流。不久之後，河村與薛到世界各國協助不同生殖中心應用ＩＶＡ治療卵巢早衰病人。到二〇一八年，在日本、中國、西班牙、波蘭、丹麥，已有了二十多個病人成功懷孕的案例。

朱䴉返航：第一名中國IVA寶寶

二〇一八年秋天，薛把IVA體外激活療法帶進中國。河村平日從清晨忙到深夜，看病人、動手術、做實驗，只有週末有空；薛在一個星期四抵達東京，星期五陪河村飛中國河南省鄭州市。河村在中學時曾隨一個中日少年友好訪問團到過中國，三十年後他再度踏上中國的土地，中國已經完全不一樣了。鄭州大學第一附屬醫院是一億人口的河南省最重要的醫院，有超過一萬張床位，規模應該是全世界最大的。副院長孫瑩璞是一名醫術高超、又以病人的權益為重的婦產科醫師。她建立了一個平均每年可做上萬個試管嬰兒療程的團隊，造福了許多不孕病人。她領導的「鄭大一院」生殖中心，決定用IVA體外激活療法免費醫治第一批患者。於是一個時間有限、過程緊張的週末在中原鄭州展開了。

除了薛和河村，還有兩位不可少的人物：程圓和佐藤。她倆得在那個週末之前爭分奪秒地分別從美國和日本飛抵鄭州，做好先頭部隊的前置工作。最驚險的是：程圓當時還沒有申請到回美證，卻不顧一切的上了舊金山飛中國的班機；也就是說，她回來時很可能在海關被拒絕入境，不知多久才能見到她的丈夫和剛滿週歲的女兒！（幸好她在中國時，能幹的丈夫將她的回美證及時拿到並快寄到她手上。）還好佐藤離得近沒有波折，到了中國又有精通日

薛和「鄭大一院」團隊（左起：翟軍、薛、河村、孫瑩璞、紀妹、程圓）。

語的程圓做翻譯，讓她的第一次中國之行愉快無比。

孫副院長和她手下的團隊（幾乎全是女將）堪稱是一支鐵娘子軍。領軍的孫雖然說話輕柔、氣質優雅，卻是一名行事果斷有魄力的領導。她決定一天之內，一口氣做八個病人的卵巢片移植手術（河村在日本孤軍奮鬥，一週只做一個）。而女將們不但技術高超心靈手巧，還有創意——她們在河村的指導下不僅一學就會，而且立刻發展出更快速的方法：河村放回卵巢片是一個一個的放，她們覺得太慢，便用一根細長塑料管，一次可以推進十幾個卵巢片，大大減少了手術時間。團隊大將翟軍，雖然名字像個威武男士，本人卻是個高䠷秀麗的美女，手特別巧，心思細密技術高超。看著這樣的團隊，薛與河村都充滿信心。

大功告成的那晚，佐藤特別高興。來自仍然以男性為多數、為主導的日本醫界，她親眼目睹中國女性同行出色的表現，興奮地與大家開懷暢飲。當晚號稱海量的佐藤據說乾下了至少一瓶茅台，不支而大醉，第二天還帶著酒意飛回日本。

鄭州的新ＩＶＡ團隊和她們的新式「推管」技術，使得ＩＶＡ技術更完善，讓更多病人受益。終於，二〇一五年十二月，「鄭大一院」在中、美、日的合作下，誕生了中國第一例ＩＶＡ寶寶，一名健康的男嬰。在同月舉行的「中華生殖醫學年會」上，來自全國各地的不孕症專家們聆聽了孫、薛和翟的講座。

隨後幾年，ＩＶＡ技術繼續推廣到世界各地，除了日本及中國，在西班牙，波蘭及丹麥各國已共有二十多個ＩＶＡ寶寶陸續出生。二〇一九年，台灣長庚醫院的張嘉琳教授，用破壞河馬通道的觀念，使用腹腔鏡在活體內淺切卵巢，使得兩名四十多歲的卵巢反應低下病人，能夠生出自己的小孩。

基礎科學研究結合了臨床治病，跳出框架的思考配合細緻嚴謹的手術和實驗技術，跨國界、跨文化的合作相輔相成，為世間帶來新生命和希望……。這就是薛和他的同行們的故事。

【附語】

為什麼附「外一章」？

寫這篇〈朱䴉送子的故事〉的時候，不僅《白鴿木蘭》尚未動筆，上千頁檔案的查閱工作也還沒開始。當時的書寫動機是記述一位科學工作者——他的研究課題，和帶來的影響，讓我這「門外漢」也深感興趣；至於他的成長背景，我雖深知但只約略帶過。

《白鴿木蘭》初稿寫成時，我試著以一名讀者——而不是作者——的眼和心來閱讀；最後掩卷之際，心中泛起的無數意念其一就是：孩子……孩子們後來怎樣了？

那個十幾歲就經歷了家破人亡之殤的男孩，雖然書裡提到他後來成為了一名學者，但他具體為這曾給予他大創痛、但也給予他溫暖的世間做出了什麼？父母親的大愛，幼小的他還無法明白的，成長之後是否冥冥中給予了他感召？而他其後的人生，依然有跌宕坎坷；中年的他，又是如何以他熱愛的科學去面對，甚至化解、昇華？

於是我想到把這篇附在書後，是一個延續，甚至是另一種開始——烽火中的白鴿回不了故鄉，但沒有國界的朱䴉，可以擔負起傳說中帶來新生命的象徵……

INK PUBLISHING
文學叢書 614

白鴿木蘭——烽火中的大愛

作　　者　李　黎
總 編 輯　初安民
責任編輯　林家鵬
美術編輯　陳淑美
圖片提供　李　黎
校　　對　李　黎　吳美滿　林家鵬

發 行 人　張書銘
出　　版　INK 印刻文學生活雜誌出版股份有限公司
新北市中和區建一路249號8樓
電話：02-22281626
傳真：02-22281598
e-mail:ink.book@msa.hinet.net
網　　址　舒讀網 http://www.sudu.cc

法律顧問　巨鼎博達法律事務所
施竣中律師
總 代 理　成陽出版股份有限公司
電話：03-3589000（代表號）
傳真：03-3556521
郵政劃撥　19785090 印刻文學生活雜誌出版股份有限公司
印　　刷　海王印刷事業股份有限公司

港澳總經銷　泛華發行代理有限公司
地　　址　香港新界將軍澳工業邨駿昌街7號2樓
電　　話　852-2798-2220
傳　　真　852-2796-5471
網　　址　www.gccd.com.hk

出版日期　2019年 11 月 初版
ISBN　978-986-387-318-1

定價　320元

國家圖書館出版品預行編目(CIP)資料

白鴿木蘭——烽火中的大愛／李黎著.
--初版. 新北市 ： INK印刻文學，2019.11
面； 14.8 × 21公分. --（文學叢書；614）
ISBN 978-986-387-318-1（平裝）

855　　108015893